文芸社セレクション

オートマチックな社会から自己規定する社会へ

山下　良夫

文芸社

目次

はじめに

我々はどこから来たのか
我々は何者か
我々はどこへ行くのか

現代の社会は、確実に良くなってきている。それは人口の増加に現れている。１８００年頃には、10億人だったものが、現在では70億人を超えている。たった２００年間で60億人も増えている。客観的には　これは人類にとって素晴らしいことだ。本当に素晴らしいことだ。しかし、それは、人類の一人ひとりが幸せになったということでもない。

人類という種にとっては、今は素晴らしい時代であることは間違いがない。しかし、今人類はたくさんの問題を抱えていることも確かだ。それらの問題を解決するために、何をすればよいのか考えなければならない。

あらためて、人類全体が幸せで、そして、人類の一人ひとりにとって、幸せになるためにはどうなればいいのだろうか。どうすれば、人類の一人ひとりが、幸せになれて、人類の全体もまた、幸せになるというのは、どういう状態になることなのか。そのためには、今あるたくさんの問題を解決しなくてはならないが、その前に、根本の問題は自分たち自身にあるということを確認しておきたい。

環境汚染の問題がある。環境に問題が生じているのは確かだが、この問題の本当に問題にしなければならない部分は、人間が増えすぎているということが、根本にあるということを意識の底に、持っていて欲しい。

大気汚染、海洋汚染、これらの問題もまた人間が増え過ぎた結果、それらの人間が使う資源が大量になり、その廃棄物が地球の自然に大きく負荷を負わせているのだ。人間が増えすぎたから、そのことで問題が起こっているのだ。これが、すべての問題の根源にある。

世界中で争いが絶えない。人類は戦争ばかりしている。人間は、自分の立場で、現在の自分を中心にしてしか物事を考えることができない。そういうふうに作られている。こうした事の延長上には、解決策はない。しかし、思考は自己を離れて、いろいろな立場に立って考えることが出来る。自分の立場、自分中心に考えることを止めれば、良いのではないだろうか。簡単ではないが、人類がこの後も生き残っていこうとするなら、自分の立場、自分中心の考え方を止め、人類にとって共通な立場に立って考えることを練習し、それに則って考えるようにするなら、出来るようになると私は思う。

これからの人類の行く末を考えるにあたって、少し歴史をさかのぼって、今までの人類の歴史を振り返ってから、未来の人類を考えることも、必要だと思う。

人類は新しい時代を迎えつつある。今までは、自身が、どんな時代に生活しているのか意識することはなかった。どんな時代に生きているのかわからなかった。しかし、今私たちは、今はどんな時代になっているのか、少しは考えることが出来るようになってきている。さらに、私たちが憧れる世界を夢想することができる様になってきている。

こうした状況にある人類について、考えてみようと思う。人類の誕生の頃まで遡って、人類の過去を振り返り、これから行くべき道を探したいと思う。

人類が誕生したのは、どういう情景のもとだったのか。その情景の中で、如何にして人類は生き延びてきたのか。生き延びてきた人類は、何を思って、生き延びてきたのだろうか。人類を動かし、生き延びさせてきたものは、何だったのだろうか。

夢想の世界が生まれることを願って、この本は書かれた。

1部　社会はオートマチックに進んできた

1章　最初の彼はすべてを一人でしなければならなかった

たった一人で生きていくとすれば、人はどのようにして生きていくだろう。

６００万年前　人類とチンパンジーの共通の祖先が現れる。
２５０万年前〜２００万年前頃　人類の誕生⬇群れを作った
80万年前頃　火を使うようになる
30万年前頃　日常的に火を使う
６万年前頃　調理をするようになる
４万年前頃　人間の寿命が長くなった
40歳位↓60歳位
結果　知識が伝達されやすくなった。

６００万年前〜４万年前までは人類の進化は歯がゆいほど遅かった。

石器時代のある日（２５０万年前〜２００万年前）、群れではなく、一人の人間が、一人で暮らしていたと想像してください。

彼は群れに入り、群れをつくった。そして、人類の歴史が始まった。

もちろんこうした状態は現実にはあり得ないことであるとは思いますが…。今人類の文明の始まりを考えようとするとき、こうした設定の下に考えることは、必要なことだと思います。

石器時代の草原、あるいは森に棲んでいる彼にとって必要なものは何だろう。

まず、第一に安全が必要だろう。同じように生存している様々な他の動物たちから襲われないことは、絶対に必要だろう。そして同時に食糧もまた必要だろう。生きていくためには、食糧がなければ、飢え死にしてしまうだろう。安全と食糧に関してはどちらというよりも、これらは同時に満たされなければ、ならないものだろう。

だから、彼の日常は安全を求めつつ、食糧を獲得するために森の中や、草原のあちらこちらをさまよっていたのだろう。自分より弱いものを―植物も含めて―餌として求めつつ、自分より強いものの餌とならないように行動しただろう。彼の生きている世界を支配する法則は、弱肉強食だった。彼は弱肉強食の世界で生きていかなければならなかった。

―弱肉強食は現代の我々の世界においても変わっていない。自由競争という言い方に変わってはいるが——

彼は生きてゆくために、餌を求めて、一日中歩き回り、そしてその間に、同時に猛獣に襲われないように、安全を心がけて生きていかなければならなかった。チンパンジーによって、森から追い出された人類の先祖は、森よりも餌が少ない草原では飢えから逃れるために、以前よりもたくさん歩き回らなければならなかった。そして危険からの解放のために、敵を素早く見つけることが必要になった。だから、直立することによって、視野を広くする必要があった。このために直立することを覚えた。彼のなすべきことは〝**生存を確かにすること**〟なのだ。そして、彼はそのために必要なことをすべて自分でしなければならなかった。だから、彼はとても忙しかった。いわゆる彼は生活に追われていた。何のゆとりもなかった。

彼にとって、正しいことは、自分が生き延びることだった。これがすべてだった。彼にとっての正義は、生き延びることだった。だから、生き延びることが〝**善**〟で、生き延びることができないことは〝**悪**〟だった。これがすべてだった。——これは、現代の私たちにとっても、同じだ。自分が生き延びることが全てだ。——そして、これが我々人類にとって、唯一の価値判断の基準だった。そして、すべての動物たちにとっても、同様だった。だから、弱肉強食の世界になっていた。

この価値判断の基準が、この後の人類にとって、すべての行動の指針になった。今の我々が考える自由や人権などについては、考えてはいなかった。生きているのか、生かされているのか、考えている時間も余裕も、なかった。だから、彼の状況から考えれば、彼は、あきらかに生かされているのだった。そうとしか考えられない。

弱肉強食の世界で生きていかなければならなかった彼は、一人で生きてゆくことを選ばなかった。彼は群れで生きてゆくことを選んでいた。人間だけでなくほぼすべての生物は群れを作って生きている。その群れが厳しい決まりのある群れか、単に集まって生きているだけなのかは、それは動物の種類によって千差万別だが……。弱い動物にとって、群れを作っていたほうが、都合が良かったのだ。生物にとって、一人で、あるいは一匹で、すべてのことを行って、生きてゆくというのはとても大変だったのだ。だから弱い動物は群れを作るようになったのだ。

しかし、今ここではどんな群れであったのかは、問題としていない。人類にとって、群れを作って生きるようになったことで、それが人類に何をもたらしたかを考えていきたいのだ。

群れをつくることによって、人類は食糧を今までよりも効率的に確保できるようになった。なぜなら、分担することが出来たから、安全を確保しやすくなり、食糧を確保しやすくなった。

人類にとって、集団で生活することは、非常に大きな進化だった。集団で生活することで、余裕ができ、分業化（専門化）と集団化（組織化）が始まった。

しかし、群れを作ったのは弱い動物たちだった。しかし人類などごく一部の種だけが分業化と、集団化を始めることができた。そして、その中の一部である人類だけが、文明を築くことが出来た。この流れは人類の先祖にとって、必然であったが、自分で選択したのではなかった。そう、これらは勝手にそうなっていったのだ。自分の意志ではないので、私はオートマチックに進んでいったと考えている。

しかし、この一歩が、人類にとってとても大きかった。この一歩が、人類と他の生物たちとを決定的に分けてしまった。何がこの決定的な差をもたらしたのか、とても興味ある問題ではあるが、ここでは、その流れにのった人類の流れを追いかけていきたい。

何が動物たちと人類との差をもたらしたのか

人類は獲得したことや、経験したことを、次の世代に伝えることが出来たということだ。最初はその効率はとても悪かったが、とにかく自分たちの経験の一部を、次の世代に伝えることが出来た。どうして、それが可能になったのかは、わからないが……。

人類の先祖は２５０万年前に誕生して、80万年前位から火を使うようになった。人類の先祖が誕生して、約１７０万年かかって、火を使うことが出来るようになったのだ。新しいことを学び、それを自分のモノとして使うことができるようになるにはとても時間がかかるのだ。でも火を使えるということは、人類にとってとても大きなことだった。最初は野火を利用するだけだっただろう。火を日常的に使えるようになるにはさらに50万年位かかったようだ。人類の進化は遅々としていた。

最初の小さな小さな変化は、経験を伝えるということだった。その小さな変化が起こり、それが時間の経過とともに、その小さな変化は、だんだん大きな違いを生み出していった。大きくなるだけでなく、ときとして、それは質的な変化をも引き起こした。小さな変化の積み重ねは、質的な変換をもたらす。炭素を高温高圧で圧縮すると、ダイヤモンドができるように、質的な変換が起こる。こうした変化が重なることによって、さらなる変化を起こしていく。人類にとって火を使うということは、そういうことだったのだろう。でもとてもとても長い時間がかかっていた。

群れを作って集団で暮らし始めた人類は、森から草原に出たとき、直立歩行をするようになっていた。直立歩行をすることで首が立ち、喉もまっすぐな形になった。結果、喉に空気を通しやすくなりいろいろな音声を出すことが可能になった。群れの生活では、仲間に危険などいろいろな知らせをすることが必要だった。それを音声で、知らせることができればとても効率的だろう。だから音声で知らせるようになっていった。しかしそれは本当に単なる音声だけだったろう。

しかし、時間は、その音声を何十万年もかかって、言語に近いものにし、言語らしきものにし、そしてついには、その音声は言語になっていった。

なぜ、人類は森から草原に進出したのかとても大きな疑問だ。

直立二足歩行をしたから、草原に出たのか。そうではないと思う。森の中で生活していた時、食物が豊富な時はその中で暮らしていた動物たちはすべて生きていくことが出来た。しかし、気候変動などが起こった時、急激な食糧不足が起こった時、食物は取り合いになる。人類はその食糧の取り合いに負けて、森のすみっこに追いやられたのだと思う。チンパンジーの先祖に人類は負けたのではないだろうか。

森から追い出されたこと

草原は草が生えている。その中で生活するためには、立ち上がらないと、見通しがきかない。自分を守るためにも、餌を確保するためにも。そのためには直立する必要があった。しかし、直立したために、人類は速く走れなくなった。速く走れなくなったために、肉食動物たちから逃げることが難しくなった。速く逃げられないけれど、長く走ることが出来るように進化していった。長く走るためには、汗をかくことが出来るように、身体から毛をなくしていった。

直立二足歩行をしなければならなくなった事で、手でモノを持つことが出来るようになり、家族に食糧を運ぶ事が出来るようになり、家族が強化された。

森から追い出されたことが結果的に、人類に大きな変化をよぶきっかけとなった。

だから、人類は森のすみっこでも生きていくために新たな食物―今まで食べなかったものを新しく食べていくという事―を開拓をしていかざるを得なかった。そして森の端っこで、生きていく為に、適応した結果、直立二足歩行を獲得したのではないか。

進化をするということ

人類は、森の中で生活していくのに都合の良いように、森の生活に合わせて、自分自身の身体を適応させていた。しかし、チンパンジーの祖先の方が樹上生活に**より適応**していた。だから、木の実を確保するのは彼らの方が上手かった。そして、体力もあった。こうした状況の時に、地球の寒冷化が起こり、急激に食糧が乏しくなっていけば、強いものが、餌を確保し、人類は今までの餌場だけでは、生きていくことが出来なくなり、新しい餌場を探したと考えられる。弱肉強食の世界だから。

しかし、新しい餌場は森の中で見つけ出すことが出来ず、樹から下りた草原だった。そして、幸いなことに人類はそこで、その場所に適応することが出来て、あるいは、その場所には先住の動物たちが、いなかったのか、それはどちらかはわからない。両方だったかもしれない。

要は、森から追い出されたのだ。人類は森から追い出されたのは確かなことだ。そして、そこでの生活は、肉食動物が棲んでいて、彼らの餌食にならないためには、人類はその草原で生き残るために新しい生活スタイルを確立する必要があり、その必要に応じて、新しい生活スタイルを自分のものとすることが出来たと考えられる。そして、さらなる分業化（専門化）と集団化（組織化）が必要だった。草原でのさらなる分業化（専門化）と集団化（組織化）が、人類を人類にしていく事となった。

草原の人類がさらなる集団生活をしたということから、そこから、起こった出来事。それは人類が自然から独立していこうとする過程だった➡道具を作る。住む場所を確保する。人類が人類になっていく出発点になった。

森の生活、木の上での生活から、地面に下りて生活をすることは、たんにそれだけであるのに、その先には、大変な冒険があった。樹上生活で木登りに使う筋肉が、地上で直立二足歩行をするに使う筋肉と同じだったということは、人類にとって幸運だった。そして直立二足歩行によって、姿勢がまっすぐになり、その結果、喉の機構が発声しやすくなったのだった。そして弱い動物だったので群れをつくっていて、いろいろな音声が必要だった。そこで、言語が必要で、言語が作られた。木から下りるというきっかけが大きな違いを生み出したのだ。でも長い、とても長い時間が必要だった。

ほんの小さな違い、これが長い、長い時間でとても大きな違いになっていく。人類の有史時代の歴史は1～2万年程だ。250万年前から、火を使えるようになるのに170万年かかり、そして、意図的に火を使えるようになるのにさらに50万年かかっている。ホモ属の誕生から、火を意図的に使えるようになるまでに、220万年かかっていた。人類の最初はとても進みが遅かった。この時代の人類の進化のスピードはとても遅かった。これは、しっかりと意識しておいて欲しい。この時代の人類の進化のスピードはこんなものだった。人類の進化のスピードは、この後、人類の進化とともに、どんどん速くなっていっている。

何十万年という時間は着実に少しずつ人類を変えていった。そして、特に言語を獲得した結果、技術や知識を次の世代の人類に正確に伝えることができるようになったので、それらはだんだん積み重ねられるようになった。親から伝えられた技術や知識に、自分たちの世代で加えた改良を、同様に次の世代に伝えるということは人類の進化にとって、本当に素晴らしいことだった。
これは人類が意図した結果ではなく、人類が創られたまま生きてきたら、結果としてこうなってしまったということだと思う。
私はこれをオートマチックに生きてきたと考えている。

知識、技術等は人類共通の財産だ。我々は先人の開発した技術などを使うことによって、進歩することができたのだから……。だから、それを開発した人は、そのことによって、恵まれた生活をしてもいいと思う。しかし、その人の子孫にまで認めるべきではない。常に公開されるべきだ。この時代の公開は、意図的な公開ではなかったかもしれない。しかし、公開されたから、人類は進歩していくことが出来たのだ。新しい技術、考え方はその人個人のものではないのだから……。知的財産権は必要なことだと思う。しかし、他の人々が使えるようにすることは、もっと、もっと重要なことだと思う。

6万年前頃、この頃火を使って調理をするようになった。火を使うことで、これまで食べられなかったものを食べることができる様になり、食糧が豊富になっただけでなく、さらに今まで取ることができなかった栄養素も摂れるようになった。食糧が豊かになり、栄養も今までよりも、摂れるようになったことで、脳が大きく成長できるようになり、身体もまた丈夫になり、長生きができるようになった。この頃40歳台だった寿命が60歳ぐらいになっているらしい。寿命が20年伸びたことで、経験を積んだ年長者が自分の知識を、後輩にしっかりと伝えることができる様になった。経験を後の世代に伝えることが出来るという人類の特徴はさらに、効果的に行われるようになった。この時に言葉がどれぐらい発達していたかはわからないが、言葉がそのために、大きな役割を果たしたことは確かだろう。言葉があったので、後輩に経験や知識を、伝えられた。この時代の老人は、知識の伝承者として尊敬されていた。

人類は250万年前頃に起こった寒冷化により、それまで住んでいた森の中において、チンパンジーの祖先たちから、草原に追い出された。チンパンジーの祖先たちの方が、樹上生活するのが上手かったから……。その結果、人類は森から追い出され、樹から下りざるを得なかった。弱肉強食の世界では当たり前のことだった。そしてそこで適応できなければ、滅ぶ運命だったかもしれない。幸いなことに人類は、その場所で生きることが出来るように適応することが出来た。

地上に下りたとき、人類は苦難の始まりだった。そこには木の実はなかった。そこで、草の実を食べることを学び、その茎を食べることを学び、その根っこを食べることを学んだ。草の実の中に、小麦や米などがあった。果物ほど美味しくはなかったが、生き延びることはできた。自分の身を守るためには、危険を早く察知しなければならなかった。危険を早く察知するためには、遠くまで見渡せることが必要なので、直立しなければならなかった。そこで、直立するようになった。食糧は、豊富ではないのであちこち歩き回ることが必要だった。そのために、長時間歩き続けることが出来るようになった。他の動物たちが、短時間しか走れないのに、人類は何時間も走れるようになった。そして、その結果、人類は毛皮を捨て、産毛だけの皮膚を持つようになった。汗をかくことが出来るので、長く走っても体温が上がりにくい身体になった。森から追い出されて、人類は変わらざるを得なかった。そして、変わることに成功した。結果人類は新しい人類に進化することが出来た。

こうした事と同時に、人類は別の面でも新たな進化をしていた。一つは群れを作り出したこと。群れはまた、人類に集団化＝組織化と分業化＝専門化をもたらした。

同じく同時に、言語もまた創り出した。言語は、道具の一種ともいえる。言語の使い方などは、道具と全く同じだ。その効用もまた、ほぼ同じようだ。道具は、一度作られると、それに改良を付け加えられ、さらに改良を加えられていき、どんどん便利なものとなっていった。同様に、言語も一度創られると、それに改良を加えられ、さらに改良を加えられていって、どんどん便利なものになっていった。そして、もっとも大事なことは、道具も言語も使ううちに、さらに便利なものなり、次の世代もまたそれらの道具や言語を引き継いでいくことが出来たということだ。引き継がれたものは、文明となって、人類の財産となっていった。

人類が誕生した250万年前、森から追い出されたとき、人類の身体、生活の仕方は（群れで生活する➡集団化＝組織化、分業化＝専門化）、草原で生きていくために道具を作る、言語を創るようにならざるを得なかった。

これは意図してそうなったのではなく、毎日を必死に生きていたら、そういうふうになっていったということだ。自分の意図ではないので、オートマチックにそうなっていったということだ。

このときの人類はオートマチックに生きていたのだ。

人類が集団生活をしたということから、そこから、起こった出来事。
それは人類が自然から独立していこうとする過程だった➡道具を作る。住む場所を創る。
分業化が、技術を育てて、技術が道具を生みだし、住む場所を創り出した。

250万年前〜200万年前頃　人類の誕生
80万年前頃　火を使うようになる

30万年前頃　日常的に火を使う
6万年前頃　調理をするようになる
4万年前頃　人間の寿命が長くなった
　　　　　　40歳位→60歳位
結果　知識が伝達されやすくなった。

2章　彼は、集団で生きることを選んだ。分業化の流れ、技術の発生と技術の蓄積

集団として群れを作って生きるということは、人類にとって二つの重大な変化をもたらした。一つは「集団化（組織化）」、もう一つは「分業化（専門化）」である。集団化した時、同時に分業化も起こっていた。また、分業化が起こっていた時、同時に集団化も起こっていた。これらは別々のものではなく、ひとつの事柄、事件だ。しかし、そのあられ方が、二つの事象のようにみえるだけということを覚えておいて欲しい。

この事を説明するのには、同時に説明できないので、二つに分けて説明していく事にします。

集団を作ることで、多くの仲間と一緒に生活をするようになり、一緒に生活することで、仲間や家族という関係が生まれた。そこでは、食糧の分配などもされるようになり、共同体という意識はなかったかもしれないが、よその群れと、自分の所属する群れとは違う関係が出来ていった。そうした中で、最初は単に一緒にいて別々の作業をしているという状態から、同じ一つの仕事を同時に、共同して作業をすることが増えていったと思われる。共同の作業は、協力をするということが度重なるにつれて、作業の分担をするようになっていったと思われる。こうした事柄も、何十万年もかかって、少しずつ分担することが増えていったと思われる。少しずつが、積み重なり、少しずつ少しずつ人類の生活は変わっていった。何十万年か何百万年か……。

分業化も集団化もどちらも、組織化であることを認識してほしい。分業化はひとつの仕事を、いくつかの仕事に分けてそのうちのひとつを担当することだ。集団化とは大きな全体の中でその中のひとつの部分になることだ。

「分業化」

少なくとも何人かで狩りを行うようになった時、**彼はひとりで全部を行わなくてもよいようになったということだ。**例えば狩りをするとき、ひとりの時は明らかに自分よりも弱い動物しか、その対象とすることはできなかった。当たり前のことだ。自分よりも相手が強ければ反対に自分が相手に狩られてしまう。でもふたりで狩りをするときなら、自分ひとりの時より、大きな獲物を対象とすることができる。そして、獲物も大きいので分け前も大きくなる。これが三人なら、なおメリットは大きい。

人数が増えたら、狩りはより確実なものになっていったと思われるが、今我々が考えるほどに、すぐに効率的になっていったとは思われないが、効率的になる歩みは、本当に遅々としたものだと思われる。しかし今私はその遅々とした歩みの、**そのスピードを無視した形で話を進めていくが**、その歩みは遅々としていた。

しかし確実に少しずつ、より効率的になっていったことを頭の隅において、ついてきて欲しい。

また複数の仲間と一緒に狩りをすれば、狩りをするのに上手、下手が出てくるだろう。そして、その複数の仲間のうちで、最も狩りの上手なものが狩りを仕切っていくようになるだろう。そうすると狩りの上手なものが常に能力を発揮できる仕組みが、作り上げられるだろう。狩りの上手なものが狩りを取り仕切るような分業が成立していくだろう。

また狩りといっても、様々な役目、分担が考えられる。獲物を見つけるのが上手な者（ある種の技術といえよう）、狩りの準備をするのが上手な者（ある種の技術といえよう）、狩りの道具を作るのが上手な者（ある種の技術といえよう）、狩りの様々な面において、そのある一面においてその能力を発揮する者がいるだろう。

得意なモノが得意なモノをするようにすることから、分業は始まったと考えられる。最初の分業はこうした形で始まったと考えられる。しかしそれは**気が遠くなるほどの時間が**

かかった。狩りの分担のようなことだけであっても、何十万年か何百万年もかかった。初期の人類の歩みは本当にとても遅かった。

分業化で最大の出来事は、自然にあるものを道具として使うことが出来るようになり、さらに自然のモノを加工して道具が作れるようになったことだ。道具を使う、道具を作るようになるには、いろいろな段階があったと思われる。

そのまま使う―道端で落ちている石のカケラを、そのまま使う

①形が機能を持っていることに気づいた。

②もちろん、その形によって、どんな場面で使うかを考えていたと思う。こうした事を経験することで、石の形が果たす機能というものに気づいた。そして、その機能を果たす形のものを探して、道具として使うことが出来るようになった。

道具を使いやすくして使う

①形が機能を持っている。そして、その形の中でも、より**その機能を果たすことが出来る形と、そうではないもの**があることに気づいた。

②形にもいろいろあり、**望む機能をよりよく果たせるものと、果たせないもの**があることに気づいた。

③例えば、〝切る〟という機能を良く果たせる形のもの、そして使うときに、力を入れ

ることが容易―握りやすい―で、そのために、〝切る〟という機能を発揮しやすくなっている。そうした事に気づいたり、さらに、切ることが、切りやすい形と、力を入れやすい形の両方を、持っているモノもあることに気づいた段階。

道具の使いやすい場所があることに気づく

①道具を使うには、その道具によって、使いやすい場所がある。
②普通の台の上で使える道具。
③かたい台の上にのせると使いやすくなる道具。
④窪んだ場所に置くと使いやすくなる道具など。

ここまで、道具を使えるようになって、道具の仕組みを理解できるようになり、このあたりから、道具の製作をするようになっていく。

①自然に出来た形を真似しただけのモノ。
②道具のイメージを頭の中で考え、その形が役に立っている場面を、想像して形を作っていく。

道具を二つ以上組み合わせて作ることができる段階

①ひとつのイメージだけでなく、もう一つ別のイメージも描くことが出来る段階に入っていくようになる。
②イメージとイメージを組み合わせることが出来る段階。この辺りから本格的な石器がつくられるようになってくる。……例えば、石器と枝を組み合わせて、斧のようなモ

ノ、槍のようなモノ、釣り針のようなモノ等。

こうした段階を経て、人類は道具を使い、つくることができる様になっていった。そして、こうした道具は、壊れなければ長く使うことが出来た。親が使って、子供も使うことが出来た。親の見本を見て、子供たちも作ることができる様になっていったと思われる。

モノを作るという技術を持つことで、人類はその技術を使って、自然の中に自分の住処を、創り出すことが出来るようになった。自分たちの住処を持つということも、凄いことだった。暑さ、寒さ、雨露をしのげるということも人類にとって計り知れないメリットをもたらした。そうした場所を確保できるということは、自分達の安全が高まるということでもあった。そして、自然から独立して生活していく事でもあった。

住処を持ったことで生まれたメリット

①暑さ、寒さ、雨露がしのげる。
②暑さ、寒さ、雨露がしのげることで、無駄な体力の消耗がなくなった。
③肉食動物から守られやすくなった。
④獲物を保管する場所が出来た。
⑤道具を保管することが出来る場所が出来た。

⑥仲間と安全に生活できるようになった。
⑦仲間と一緒にいることのできる時間が増えた。
仲間と一緒に住むことで、技術を仲間や家族に伝えやすくなった。自分たちが創った技術を保持しやすくなった。
等々……。

住処は人類に大きなメリットをもたらした。この後人類は、自然に与えられた住処から、自分達が作り出したこの住処を中心に生活していく。明らかに少しずつ、自然から独立して、自分達の支配する世界を大きくしていく。道具をつくれるということは、家もまたその道具を作るのと同じ技術なのだった。そして家というものは、人間を自然から独立したものにしていくものだったのだ。

分業化された技術は、彼らの住処を中心にして、蓄積されていった。蓄積されるということはとても大きなことだった。

新たに作りだすというのは、この蓄積によって、人類は常に前の人の肩に乗ることができた。そして、人類以外の生物との差をだんだんと広げていくことになった。

人類は常に、前の世代の遺産を受け継いで、その遺産の上に新しい技術を付け加えてきた。

現代社会においても、新しい技術は　その人個人のモノではないのだ。新しい技術は、すべての人間に開放されなければならないのだ。

人類は分業化をこれからも進めていくことになる。

これは人類が意図したものではなく、創られたまま生きていたら、分業化をしていくだろうということだ。私はこうした事はオートマチックだった。意図してなされてきたモノではなかったと考えている。

3章　集団化の流れ↓組織の成立・家族の成立・家族に関連した集団の成立

集団として、群れを作り、群れで生きるようになって、分業化（専門化）とともに、もうひとつ同時に集団化（組織化）が進んだ。

群れで暮らすようになり、一緒にいて各々別の作業をしているという状態から、同じ一つの仕事を同時に、共同して作業をすることが増えていったと思われる。共同の作業は、協力をするということが度重なるにつれて、作業の分担や仲間で同時に作業するようになっていったと思われる。同時に仲間たちと作業することで、集団化もさらに進んでいく事となった。

集団化は、家族という集団が、いくつか集まって群れをつくるという形だった。道具をつくることが出来るようになってきた頃、群れは家族という集団の集まりで構成されるようになっていった。

こうした集団の成り立ちは、ひとつの家族があり、時間の経過とともに子供たちが成長して、新たな家族を作り、そうした家族がいくつかできて、元の状態からすると、ひとつの家族が、子供たちのつくった家族もその中に含めて、ひとつの大きな家族になっていった。

家族を中心とする社会では、家族の誰かが、新しい技術を創り出せばそれを共有しただろう。いつも一緒にいれば、創り出した便利な技術を伝えることが出来る時間も、生まれるだろうし、創り出された技術を、毎日見ているうちに、真似をすることが出来るようにもなっていっただろう。家族の中でそうした可能性が、日々高くなっていった。要するに、技術の伝播が家族の間では高くなっていった。

群れを作るということは、集団で生活するということで、最初は単に一緒にいるだけということだけであっただろう。しかしその状態が、かなりの時間続くと、いつの間にか協同するようになっていった。協同するということは、一つの作業を何人かの〝カレ〟同士がそれぞれ分担する部分を決めて、各自が自分の分担部分を責任を持って行うことだ。集団化の中で、分業化も進んでいっているのだ。

　こうした分担がいつも、いつも、続くと、各自はそれぞれが担当する部分に対する経験が豊富になっていく。経験が豊富になって、ますます自分の担当する部分の知識と経験が積み重ねられていく。専門化していっているのだ。こうしたことが、新たな技術の開発の元になっていくことが予測される。同時にこうした分担がいつも行われるようになると、最初は、現場に出向いたときにその場で、その時の状況に応じて分担を決めていたものが、狩りに出かける前に決められるようになり、さらには、狩りの時は、この作業は〇〇、あの作業は□□の分担とあらかじめの決定事項になっていっただろう。それは、専門家化でもある。こうした事はあらゆる面で、少しずつ、少しずつ進んでいったと考えられる。私はこのようになっていったことを〝**オートマチック**〟に進んでいったとしている。

　しかし、こうしたようになっていくのにも、とても長い時間がかかっていたと考えられるが、こうしたことは確実に起こった。これは単なる集団ではなく、狩りをする組織が作られていったということだ。そして、この仕組みもまた、積み重ねられていった。狩りの仕組みのメンバーは替わったとしても、狩りを上手にする人が、狩りのリーダーになり、獲物を見つけるのが上手な人は、捜索を専門に、道具を作るのが上手な人は、道具を作る。この仕組みは確実に世代を超えて伝えられていった。

　集団化することによって、分業化（専門化）と集団化（組織化）は別々に起こったのではなく、同時に起こった。そして、集団内では最初は平等であったが、リードする人と、リードされる人とが出来てきた。これは集団が大きくなるにつれてしっかりと区別されるようになっていった。

こうしたルール

ここでつくられたルールは、次第に、日常生活を円滑に営むために必要な道徳や倫理として存在するようになっていっただろう。そして、さらにこうした集団が部族等になった時には、それは部族の存在を理由づける伝説となっていったのではないか。

たくさんの〝カレ〟がいれば、揉め事も起きるだろうから、集団にはルールが必要になるだろう。また初めの小さな集団の時は、ルールは必要ではなかったかもしれない。しかし、集団が大きくなっていく中で、その集団が長く続くためには、だんだんとルールが必要になり、そうしたルールを作り出せなかった集団は淘汰されたかもしれない。

こうした状態がどのくらい続いたかはわからないが、群れの効用を認識するうちに、群れどうしの淘汰が行われていったと考えられる。淘汰が行われることで、だんだんと大きな群れもできていったと思われる。5～10人くらいの群れだったら、1人のリーダーで十分だが、10～20人になると、サブリーダーが必要になるだろう。さらに大きくなると何人かのサブリーダーがいて、そのサブリーダーをまとめる全体を統括するリーダーがいるようになるだろう。これは分業化（専門化）とか、集団化（組織化）とは関係なく、グループ全体をまとめるリーダーだ。こういうパターンで部族の内部は成立していった。そして、部族もこういうパターンで成立した。

自然界が弱肉強食であるのと同じように、こうして出来上がった人間の集団も弱肉強食がそのルールだ。そして今なお現代もまた依然としてこのルール（弱肉強食＝自由競争）に支配されている。表面上は自由であり、平等であり、基本的人権がある現在もなお弱肉強食だ。表面上はいろいろな衣をかぶってはいるが、強い者が社会を実質的に支配している。弱肉強食を現在の我々の社会の言葉で言い換えれば、それは自由競争という言葉になるのではないだろうか。

集団化（組織化）も一度、組織という形が出来上がってしまうと、そのできた組織が自己の論理で、自己増殖し、自己の組織の防衛が最大の目的となってしまい、合理的、機能的であったものが、当初の目的とは違ったものへと変質していった。だんだんと組織のトップを構成する人々の利益を維持するためのものになっていった。そしてトップを構成する人々による階層が生まれた。同時にこれに反する人々による別の階層も生まれた。

そうして出来た組織（集団）もまた、個々の人間たちの間と同じように弱肉強食の論理で、互いに生存をかけた争いをしていった。現在もまた……。そこでも強い者が、勝ち残っていった。

分業化（専門化）と集団化（組織化）のメカニズムのなかでできる最大の集団は、部族社会だろう。この段階ではまだ貧富の差はそれほど大きなものではなかった。お金がなかったから……。ここまでの時点では、富を保存することができなかったから……。富を生む農業も、富を生むほどにはなっていなかった……。

階層を持つ部族ができた。部族もまた、人類が意図することなく、人類の活動の結果、いつの間にか部族は出来てきた。オートマチックに……。

集団生活の最初のものは、家族、そしてその家族に関連する者たちの集団。そこから、人類の集団は、成長していく。

ネアンデルタール人

ネアンデルタール人はホモサピエンスよりも脳が大きく、体力もあった。それなのに、ネアンデルタール人が絶滅してホモサピエンスが生き残ったのだろうか。これは、とても不思議なことだ。納得がいかない。でも、現実に起こったことだ。どうしてだろう。

ひとつ言われていることがある。ネアンデルタール人もホモサピエンスと同じように、群れをつくって生活していた。ネアンデルタール人は、ホモサピエンスよりも体力も知力も勝っていた。勝っていたがゆえに、ネアンデルタール人は、大きな群れを作る必要がなかった。そのために、ネアンデルタール人の群れは小さかった。群れが小さくても、その持っている体力と知力で獲物を仕留めることが出来た。獲物の分配もややこしくなかった。ところがホモサピエンスは、体力がネアンデルタール人よりもなかった。家族たちの協力だけでは、獲物をしとめるのが大変だった。そこで、ホモサピエンスは狩りの時には、数家族の群れで狩りをするようになった。多人数の集団は、狩りではとても有効だった。しかし、人数が多い分色々なもめ事も多かった。多人数であるプラスとマイナスを比較した時、ホモサピエンスは多人数であることを選んだ。だから、ホモサピエンスの群れは、ネアンデルタール人の群れよりも大きかった。しかし、獲物の分配や、人間関係はややこしかったし、そのためのルールも考えださなくてはならなかった。

ネアンデルタール人は、力が強かったので狩りをするのに、大きな群れになる必要はなかった。家族だけの群れで行動すればよかった。一方ホモサピエンスの最初の狩りは、体力に自信がないので、狙った獲物を追跡して、獲物が弱った時に、その獲物を攻撃するという狩りだったので、仲間が多いほうが都合が良かった。ホモサピエンスの集団は、従って、家族のほかに、一族も含まれていた集団だった。

集団の規模の違いが、生活していく中でしだいに大きな違いを生んでいった。そして、その集団の規模の違いが、新しく生まれた技術の伝播力をも、左右した。家族だけの集団と、一族をも含む集団とでは、新しく生まれた技術が伝わっていくスピードが違った。このスピードの違いは、同時に新しいものが誕生するスピードの違いでもあった。たくさんの人間が、同じ技術を使っていると、小さな改良がされる。小さな改良が積み重なってくると、最初は小さな違いであったものが、その小さな違いが、三つや、四つにもなると、元のモノとはまったく別個なより強力なモノになってしまったりする。さらに全く新たなモノになったりする。

それから、集団内においての競争は人数が多いほど、激しくなる。競争が激しいと、人は、必死になる。必死になる人が多いほど、新しい技術や道具が生まれやすく成る。人間は、協力と競争を通じて、生きてきた。

新しいものが生まれるのに、脳の働き方がある。脳というものは勝手には、働かないのだ。どういうことかというと、日常的に何か必要があり、不便を感じていると、脳は働き出すのだ。何か困ったことに対して、その対策を考えだすのだ。困っていることがある時、何かを解決したいことがある時に脳は働きだすのだ。大きな集団の中で生活していると、そうした事が、多く起こるのだ。脳の性能ではなく、脳を働かせる場が、たくさんあったかどうかで、脳は機能するのだ。

ひとりの人類が、新しい石器を作った時、ネアンデルタール人の小さな集団だと、それはその中の5~6人のうちの一~三人の間にしか伝わらない。このように新しい石器を必要として日常的にそれを使う人が少ないと、必ず伝わっていくということがない。下手をすると、忘れられるということも起こる可能性すらある。しかし、それが、一族も含めた集団だと、大きな集団であるので、その石器を使う人は、ネアンデルタール人の何倍もの人に伝わる。そして、便利なモノであれば、あるだけそれは他の構成員にも伝えられ、たくさんの人間がそれをマスターすればするほど、忘れられるということがなくなる。これが、体力と知力の点で勝っていたネアンデルタール人をさしおいて、我々ホモサピエンスが、勝ち残った理由の一部だろう。人類は、協力をするから生き残れたのだ。だから、これからも生き残っていく為には協力をしなければならない。

私たちホモサピエンスは、知識を共有することで外敵からの防衛力を、強化して、生き延びてきた。これからも、知識を共有することは、人類には重要なことだ。

分業化は、専門家を生み出した。集団化は、組織を生み出した。これは、非常に大きな発明だったと考えられる。そして、ここで生み出された専門家や組織は、そのまま次の世代に、受け継がせていくことが出来た。それを可能にしたのは何だろうか。

言語と道具の発明だ。

4章　言語の発明

道具と言語、どちらが先に作られたか。微妙な問題だ。私はどちらが先というよりも、ほぼ同じ時期に使われるようになってきたと思う。２章で道具について考えたが、実は道具と言語は同じようなものだった。**言語もまた道具の一種だったと考えると、納得できる。**

道具つくりは、イメージをつくることが重要だった。イメージを持つことなしに、道具はできない。モノを切ったり、割ったりするなどのイメージをもとに、道具となりうる石のカケラを探し、そのカケラを道具として使い始めた。その道具を使っているうちに、その道具を加工することで、さらに効果的に使える道具のイメージを持つことが出来た。さらに道具のイメージを、石そのものの中に見ることが出来るようになって、そこから、石そのものを直接加工することで、道具を作るようになっていった。こうしたイメージする力は、同時に言語にとっても重要だった。今、目の前にないものを、お互いにイメージすることで、自分達の意志を伝えあうことが出来ることに気が付いた。そして、そのイメージに名前を付ければ、さらに、さらに意志を伝えやすくなることに気が付いた。言語の発明だ。

道具と言語の発明の前に、人類はイメージする力を獲得していた。だから、イメージする力を使って、道具を創り出すことが出来たし、イメージをする力を使って、言語をつくり出すことが出来たのだと思う。

言語の発明は、人類にとって本当に素晴らしいメリットをもたらした。その効果は計り知れない。ここではふたつの面から考えてみようと思う。

①自分たちが生み出したもの、あるいは先祖が生み出したものを、自分達の子孫に確実に伝達することが出来るようになった。
②言語の発達は、人類の知能を発達させた。

①は、こうした事が可能になったので、現在の文明が成立することになったことにあらわれている。

自分達が創ったものを、それを子孫に伝えることが出来る。この事が、人類が他の動物、人類よりも強い動物たちを差し置いて、人類がこの地球に君臨するようにさせた主な原因だから。

もし、こうした知識を公開しないで、人類が社会を作っていたら、今日の文明をつくることが出来たかどうか、わからない。知識は公開するのが一番いいことだと思う。知識は多くの人に伝わることで、その伝えられた多くの人々のうちの誰かが、また新しい知識を生み出す可能性が出てくる。多くの人に伝われば、伝わるほど、新しい角度からその技術、知識を眺めて、より一般化した知識にされたり、より広範囲に応用できるようになったり、より特殊化した技術になったりして、より発展していくことが出来る。だからこそ、人類は今日の文明を作り出すことが出来た。ホモサピエンスの集団は大きかった。大きいことが、知識や道具の伝播の範囲を広げた。広げられた知識や道具は、集団の中で検証され、改良される。そうした繰り返しがホモサピエンスにとって、有効に作用した。

②言語の発達は、人類の知能を発達させた。

モノに名前を付けることから言語は始まった

モノに名前を付ける事ができるためには、モノとモノの違いを区別する能力がなければ、名前を付けることが出来ない。

例えば、たくさんの仲間と暮らしていれば、仲間の顔を区別することが出来なくてはならない。これはかなり高度な能力だ。こうした能力があって初めてモノに名前を付けることが出来るようになる。そして、モノに名前を付けるということは、そのモノを音声で表すことである。

音声で表すためには、音声を自分で発するのであるが、それが相手に伝わるためには、その音声が明瞭で聞き取りやすくなければならない。直立することと二足歩行をすることで、人類はそうした発声をすることが出来る器官を獲得することが出来た。区別することが出来ても、それを音声で表すことが出来なければ言葉は生まれなかった。

言葉が生まれると、その言葉を使うためには、それを覚えておかなくては使えない。記憶しておくことも必要だった。そして記憶した事は、知識となった。

今、目の前にあるものと、別のものとの区別をしなければならないので、別のモノとの違いが判らなければならない。こうして人間は識別する能力を育てていった。言葉は、それを使うことによってますます言葉を使う能力を高めていくことになった。

イメージを音声で表す➡単語➡知識

音声を聞いてわかるようになるのだから、音声を聞き分ける能力が育つ

音声で表す為に、いろいろな音声を発声できるようになる

動作なども音声で表現する➡単語➡知識

さらに複雑な音声を発声することが出来るようになる

名前を付けることで多くのモノを覚えることが出来るようになった⬇単語⬇知識

簡単な文を話すことが出来る⬇2語文

〝文を話す〟⬇単語を並べること

目の前にないものについても話すことが出来るようになっていった。例えば、狩猟をする動物（鹿）についての場合、目の前にいなくても、鹿という言葉があれば、鹿について話すことが出来るようになる。さらに、場所についても、その場所に、名前がついていればどこにいるということまで話すことが可能になる。これは、ある意味、抽象的な思考の始まりでもある。

意志を伝える……言語を使うということ

単語の順番を考えて、単語を置いていく⬇道具のつくり方と同じ

言葉を話すことは、道具をつくることと同じで、語順や手順を考えることは知能を高めていく事でもある。語順や手順を考えるとき、概念をあてはめられた言葉、すなわち名詞を使っているように考えてしまうが、本来は考えるときには、元のイメージを使って、考

えている。概念だけで考えられた思考は平面的なもので、一面は正しくとも、全面的には受け入れることは間違いのもとだ。人間の陥りやすい観念の思考になってしまう。人間の思考は、イメージを並べることによってなされている。イメージを論理に従って並べることが、思考ということになる。その並べられたイメージを伝えるためには、そのイメージを言葉にしないと、他の人には伝わらない。これはとても重要なことだと思う。

イメージ➡画像（現実のモノ）は3次元で、画像を概念であらわすと2次元（平面）の言葉になる。見る角度によって、違う物に見えるときがあるので、少し角度を変えた場合のイメージをあらわそうとする場合、別の言葉が必要になる。例えば、円錐を正面から見たときと、真上から見たときとでは、違う物に見える。概念は平面的だから見ている面の違いによって、違う言葉で表現することになる。表現が変わる。だから、言葉は常に別の言葉が必要になる。この事は、今述べていることにあまり関係がないが、もう少し、書いておきたい。イメージは、実物に対して、自分の脳の中で作られた画像だから3次元だ。画像を右側から、左側から、上から、下から見たのでは違う画像に見える。だから、言葉を使う時には、イメージに戻って使うことが必要になる。

だから、考えるときそのことを意識しなくてはならない。概念で考えるときは、その言葉で考えるのではなく、イメージに戻って、元々の3次元のイメージに戻らなければならない。ここまで、戻って、正しい思考をしなければならないのは、ごくわずかな場合であるかもしれない。概念にはそういう間違いが起こるときもあるということを念頭に置いておいて欲しい。大部分は、概念を使っての思考で間に合っている。普段は今のままでよいだろう。

知能を高めてくれる言語（道具も含めて）を使うことで、人類は、自分達が作った道具、知識を子孫に伝えることが出来るようになった。そして言語（道具も含めて）を使うことで、人類は知能を高められ、さらに新たな道具などを作る今までよりも強力な力を得た。これは、本当に大きなことだった。

言語の使用は私たち人類にとって、大きな進歩をもたらした。しかし、これは短い時間でそうなっていったのではなく、とてつもなく長い時間がかかったと思われる。700万年前に人類が登場してから、書き言葉が出来るまで、人類の言葉は、大きな進歩をした。しかし、書き言葉が出来てからの言葉の進化に比べれば、それは、大きな変化とは言えないかもしれない。書き言葉は、さらに、さらに人類を大きく変えるが……。

とにかく、言語の発明は、人類を大きく変えた。

5章　生きる原動力は飢えからの解放&危険からの解放

人類が集団生活をした結果そこから、起こった出来事。
それは人類が自然から独立していこうとする過程だった⬇道具を作る（住む場所をつくる）。

250万年前〜200万年前頃　人類の誕生
80万年前頃　火を使うようになる
30万年前頃　日常的に火を使う
6万年前頃　調理をするようになる
4万年前頃　　人間の寿命が長くなった
　　　　　40歳位↓60歳位
結果　知識が伝達されやすくなった。

人類は群れを作り集団で生きることを選んだ。集団で生きることによって、分業化（専門化）と集団化（組織化）を進めることが出来た。分業化（専門化）と集団化（組織化）は、その時々の一時的なものではなく、その作った分業化（専門化）と集団化（組織化）によって作られたその集団内の技術もまた、次の代の人類にも伝えられた。集団が大きいことは、新しい便利な技術が、誰かによって発明されるとその集団のすべての構成員がまねをするようになる。そうすると、誰かが、その技術を忘れても、その技術を教えるものが、常にいることになる。これはとても大きなことだった。分業化（専門化）と集団化（組織化）は人類にとって大きな力となった。

ホモサピエンスの人類は常に、先人の到達した地点から出発することができた。他の動物たちは、常に初めからやり直しをしていたのだから……。分業化（専門化）と集団化（組織化）は、技術の継承という点と、新しい技術の開発という点で、大きな利益を人類にもたらした。

しかし、集団化と組織化が進んでいく中で、一部の技術の公開は特定の仲間内だけの中で行われるようになっていったものもあった。そうした公開されることがなかった特定の技術は、その技術を持つということで、その集団内での、特定の地位、役割を果たすものとして、扱われるようにもなっていった。専門化が進んでいく中で、その専門の技能のために、集団内での役割が決まっていった。重要な役割を持つ場合も、それほどでもない場合もあっただろう。それは、集団内で、その集団が何を必要としているかということで決まっただろう。

ホモサピエンスの集団が大きかったということは、同時にその集団から受けるメリットも、とても大きかった。デメリットもとても大きかっただろう。しかし、メリットとデメリットを比べたとき、メリットの方が大きかった。だから人類は、集団で生きてきた。人類はそのデメリットを小さくするために、その集団内でルールをつくるようになっていった。こうした中で、集団内におけるタブーなどが出来ていく事になった。

集団化し、ひとつの大きなグループとなり、そのグループの中で組織を作り、そして、その組織は、専門化していった。そうした人類が、生きていくときの原動力は何だったのだろう。

人類だけでなく一緒に生きていたすべての動物たちもまた、同じように生きていた。その原動力は何だったのだろう。

人類等生き物が、生きていくときに、対処しなければならないものは、ふたつあったと思う。ひとつは、自然環境から受ける生存に対する影響に対処すること。そしてふたつ目は、同じ環境で生きている他の動物たちとの関係で彼等との生存競争に勝つことだ。

ひとつ目は、自然環境から受ける影響だ。動物として生きるようになった人類は、自然環境からの影響を絶えず受けていた。２５０万年前、地球の自然は大きく変化して、それまでの環境から、人類にとってより厳しい環境へと変わった。豊かな森が減少し、それにつれて、食糧が不足するようになった。新たな食糧を求めて、人類は森から草原の世界へ進出した。進出したのではなく本当は森から追い出されたのだと思っているが……。このとき、人類は森の生活で得ていた身体の機能を、草原での生活ができる身体に、草原での生活がしやすいような機能を新たに獲得しなければ、そのように進化することが出来なければ、この時点で人類は絶滅したはずだった。しかし、人類は森の中で獲得した能力を、草原の中でも使うことが出来た。もちろんそのまま使うことはできなかったが、ほんの少し自分を変化させるだけで、人類は、直立歩行をするようになり、長い時間を走れるようになり、果物食から何でも食べる雑食へと、変化することが出来た。

同じ環境で生きている他の動物たちとの、競争もあった。その当時の動物の世界、生物の世界を支配していたのは、弱肉強食の法則だった。その環境に一番適したものだけが生き残って、他の動物たちを食糧として生きていくことが出来た。食物連鎖のピラミッドが出来ていた。しかし、人類はそのピラミッドの一番上ではなかった。他の動物によって食べられることもあった。

ここで、構造ということについて少し説明しておきたいと思う。

生き物は、構造を持っている。構造は、その構造を持つことにより、ある程度の幅で環境に順応することが出来る。木に登る為の筋肉は、平地を歩くための筋肉にもなった。ここでは、進化が起きなくても、環境の変化に対応できたのだ。

また、生物は環境に対して、自身の持っている構造によって、ある程度の幅で対応することが出来るのだ。構造を持っているということはそういうことなのだ。例えば外気温が、25℃～35℃の温度帯で生活をしていた生物は、20℃～30℃の環境になったら絶滅するだろうか。15℃～25℃ではどうだろうか。もともとの環境が少し変わった位では、構造を持った生物は、或る程度の変化には対応できるのだ。人類の持っていた構造は、森の中で獲得したモノだったが、草原においても、生活していく為に、ほぼ使うことが出来た。もちろん、新しい環境に必死で耐えていかなければならなかったが……。

環境の変化に合わせて、生き物は自身の身体の構造をその環境に合うように、変えていく事で生き残ってきた。しかし、その環境に、あまりにもピッタリと適合していたものは、変化した環境に合わなくなって、絶滅したモノもたくさんあっただろう。幸いにも人類は、そうはならず、現代まで生き延びることが出来た。変化した環境に、今自分の持っている適応力がそれに、対応できるかどうかが、分かれ道になるのかもしれない。

こうした事は全く人類の意志とは関係なく、いわゆる進化として、地球上の生物全体がそうした中で、生き続けてきた。

もうひとつの理由。ふたつめは、同じ環境で生きている他の動物たちとの直接の生存競争だ。食うか食われるかの生存競争だ。食うか食われるかの生存競争の時に、人類は何を目指して生きていたのだろうか。


遺伝子は自己の遺伝子を残すことを最優先している。それが、生命体に具体的に表れたとき、この様な形になるのだろう。

そして、遺伝子は、すべての生命体に存在している。それら遺伝子等は、自己が生き残るために、生存競争をしている。

その生存競争は、弱肉強食なのだ。


それは、飢えからの解放、そして危険からの解放だった。このふたつのことがらをひとつにまとめると【生存を確かにすることだ】になる。これがすべてだったのだ。

飢えや危険からの解放、【生存を確かにすること】が善だった。これがこの時の人類にとってすべてだった。そして日常のすべての事柄についての判断は【生存を確かにすること】を基準として判断されることになった。

この基準を持ち、人類は自然の世界の中で生きてきた。しかし、人類は、他の動物たちと違って、この生存競争の中で、道具を発明して、そして、それを有効に使うことで、他の動物たちとの戦いを有利にすることが出来た。二足歩行をし、火を使い、道具を使い（衣服も含めて）、言語を発明し、集団化して分業化と集団化（組織化）を図りつつ、生きてきた。人類のこれらの活動は他の生物種を圧倒し、自然界の食物連鎖の頂点を極めさせた。【生存を確かにすること】は人類の日常の活動における物事の判断の基準になった。

生きていく戦いは、弱肉強食だった。この弱肉強食の戦いは、他の生物とだけでなく、他の人類との間でも行われた。ホモサピエンスと他の人類との戦いもあっただろう。でも他の人類との戦いにも、ホモサピエンスは勝った。他の生物との戦い、他の人類との戦いにも勝った後、ホモサピエンスは、サピエンス内での戦いになった。そして、ここでも弱肉強食の戦いだった。この戦いにおいては、勝利したものが正義になった。勝利した者の都合が通り、それが世の中の正しいこととなった。この戦いにおいて勝利したものがリーダーになった。リーダーの【生存を確かにすること】が最優先されるようになっていった。そして、それがそのグループのルールになった。そのグループの一般の構成員にとってはそのルールに従うことが、そのグループで生存していくためには必須のこととなっていった。グループ内に階層（階級）が生まれてきた。

残念なことであるが、この当時の社会において正義は、強いものの唱えることが、正しいことだった。現代の社会においても、これは変わらない。現代の社会では、弱肉強食は、自由競争ということになっている。

私はここまでのことを、人類の採集社会のときから、農業が始まるまでの時を想定してきた。さらに貨幣も使用されていない時を想定して考えてきた。当然余剰生産物も、ほとんどない状況で考えてきた。

この時代に生きる人々にとって、毎日は生存するための戦いだった。そしてこの戦いに敗れることは「死んで」しまうということだった。この毎日の中で、彼らは、飢えからの解放、危険からの解放を目指して生活していただろう。しかし毎日の戦いに勝つということは、これらの戦いで、常に勝ち残っていたということだ。誰かに命令されたわけではなく、誰かに頼まれたわけでもなく、そうしなければ、生存できないので、そうしただけだった。

生存に関しては弱肉強食（自由競争）だった。その生存競争の中で人は、生き残ることを最大の目的として、戦って生き抜いてきた。**私はこの状況をオートマチックだったと考**

えている。自分で選んだのではないが、それを選ばざるを得なかった。この状況で生きてきたことをオートマチックに生きてきたと考えている。

人類を導いてきた進化、そして、飢えからの解放と危険からの解放、これらの事は、人類だけの事ではなく、地球上に住むすべての生命たちにとって、同じように、必要なことだった。ということは、人類は特別な存在ではなく、ごく普通の生物だということだと思われる。地球上に働いてきた力は、宇宙を動かしている力と同じ力だ。私たちは、宇宙を動かしている力によって動かされている。その力は、オートマチックに、私たちに、地球上のすべてに、宇宙のすべての星に、働いている。そして、これからも、働いていくだろう。

道具を作るようになったことの意味

道具を作るようになる以前、人間は環境の変化に対して、自らの身体をその環境に合わせて、変えていく事でしか対応できなかった。そして、その対応に失敗した生物は滅亡していった。これはすべての生物が、そうであった。

しかし、人間が道具を作った時、環境の変化に対して、自らの身体を変えることのほかに、**別の方法を見つけたのだ**。道具を作るという方法。衣服も含めた道具をつくることで、獲物を捕獲しやすくなり、そして、捕獲した獲物を料理することで、獲物を有効に利用することが出来るようになった。寒さに対して、衣服を着ることで対抗できるようになった。そして、それは環境の変化に対して自分の身体を進化させるように、時間がかからなかった。**自然環境の変化に対して、〝迅速に対応することが出来た。〟この時人類は自らの力で、自然と対決する力を持った。さらに、自然を自分たちに都合の良いように改造していく力を獲得したということだった。**道具をつくるということは、本当に凄いことだった。

これまでは、自然の変化に対して、自身を変えていく事でしか対応できなかった。だから、進化して新しい環境に適応するのに、何百万年もかかっていた。しかし、道具を作ることが出来るようになってからは、その変化に対して、道具で、服装で、建物等で対応することが出来るようになったのだ。今までの何百万年進化のスピードから、何千年、何百年というスピードで対応できるようになった。これは本当に凄いことだった。

この後の時代は、農業の生産力が大きく向上し、社会も大きく、そして複雑になっていくが、根本的には今までと同じように、そうしなければ生きていくことができなかったので、弱肉強食（自由競争）だった。そして、それはオートマチックであったことに変わりはない。ここまでの人類はオートマチックに生きてきた。この後もオートマチックな人類の歴史は続いていくだろう。

6章　人は家族・群れを作った。その方が生きやすかった

人はもともと、ひとりで生きていくようにはできていなかった。オスだけで子孫を増やすことはできなかった。もちろんメスだけで子孫を増やすこともできなかった。だから、人はオスとメスが協力することでしか生きていく事が、出来なかった。例えば人の出産は、メスがひとりですますには難事業だったし、出産までの10ヵ月をメスがひとりで乗り切るのも、難事業だった。しかし、ふたりなら、何とかすることが出来た。さらに人はひとりで生きていく事ができる程には、そんなに強い生き物ではなかった。だから家族で生きていた。

人は、家族だけで生きるよりも、群れで生活するほうが都合が良かった。家族の未成年だった子供が、成人しても、同じ家族として生きていく事も多かった。自然と一族の集団となり、それらの集団の一員として生きていく事が自然だった。そして、集団で生きていく事には多くのメリットがあった。家族で食糧を確保するよりも、群れ（一族）の方が効率よく食糧を確保できた。家族で生きるよりも、群れ（一族）の方が安全を確保しやすかった。群れ（一族）で生活していくということは、自分で見つけた食糧を自分だけのモノにできないということだ。そうしたマイナスの面もあるのに、人は群れをつくった。そ

れだけ、人類は動物としては弱い動物だったのだろう。２５０万年前地球上の気候が大きく変わって寒くなるまで、我々の祖先は、豊かだった森でチンパンジーの祖先と一緒に生きていた。しかし、気候変動で食糧が不足がちになった時、チンパンジーの祖先と縄張り争いをした。その時チンパンジーの祖先は、我々人類の祖先よりも、森での生活により適応していた。だから、我々人類の祖先はチンパンジーの祖先に森を追い出された。**我々の祖先は本当に弱い動物だった。だから、群れをつくって、生活をした。**草原にしか我々人類の生きる場所はなかったのだ。

　草原は森よりも生存するためには厳しい場所だった。果実はうんと少なかった。だから、草原で生きるために、人類は何でも食べざるを得なかった。だから果物食から、雑食になった。草も食べた。草の実も食べた。草の根も食べた。そして、効率よく根を掘り起こすために、落ちている棒を使うことを発見した。こうした時に人類は道具を使うと便利なことに気づいた。さらに効率よく根を掘り起こすために、道具にするための棒も作ることが出来るようになっていった。厳しい環境に追い込まれたからあらゆるものを動員して、食糧を確保しなければならなかった。

　そうした中で、身の回りにあるものを道具として使うことを発見した。さらに自分自身で、道具を作るようになり、さらに意図して道具を発明するようになった。さらに言語をも発明した。食糧の不足がちの世界で生き残っていく為には、人類は体力も知力も、その限りを尽くさなければならなかった。

草原に住まなければならなかったので、色々と工夫をしないと人類は生きていくことが出来なかったのだ。厳しい環境に追い込まれたことが、知能を開発していくきっかけとなったのだ。

人類は知能を持つことが出来た。

7章　知能は人類を大きく変えた

知能を持つようになった時、ヒトは考えることが出来るようになった。自分はどういう存在なのか。意識して考えたか、無意識に考えたかは分からない。**人は、意識する、意識しないにかかわらず自己を肯定することから出発する。**自己を肯定するとはどういうことか。

この時代の人々がこうした意識を明確に持っていたかは、定かではないが、人は生きるとき、生きているとき、自分は正しい、自分は生きていることに値打ちがある。という気持ちを持って生きていたと考えられる。これは自分自身の生きている理由に通じるものだ。意味がないと思えば、生きる理由がなくなる。はるかな昔の人々であっても、人間である限りこれは変わらない。ただ、これが意識されていたかどうかについては、意識されていないと思われるが、そうした気持ちのもとに生きていたのは、間違いない。つまり人は、自分を肯定して生きていた。その肯定は現在の自分を肯定するだけでなく、過去の自分をも肯定する。さらに未来の自分をも肯定する。過去と現在そして未来は連続している。そしてそこに人は流れを見る。その流れの中に、自己の存在理由を探し求める。人は自分自身について、自己の存在の理由を求めて、自己の存在する理由を納得させる物語（神話）を求める。単に自己の祖先の物語（神話）であるかもしれない。しかし、自己を肯定すればするほど、自己の存在を重くする物語（神話）が必要になる。

　初めは自己の物語（神話）だったろう。家族の物語（神話）だったろう。それは家族の歴史といえるかもしれない。だから、それは自分自身だけのものだった。しかし、人の群れはだんだんと大きくなっていった。家族だけの群れから、血族の群れ、さらに部族の群れとなっていった。群れが大きくなるにつれ、それらの物語（神話）は個人のモノから、家族のモノ、血族のモノ、部族のものとなっていった。そして物語は、一族の昔からの伝説になり、ついには、神を創り出し、神と結びつく神話となっていった。神との結びつきから、改めて自分たち人間はどのような存在であるのかを考え直したりした。そしてそこに、**生きている理由を見つけようとした。**

　人は自分の家族についての物語（神話）を求める。人は自分の群れについての物語（神話）を求める。人は神話を求める。これは人間心理の根本原理であると考えられる。

　自己を肯定することによって、自己の存在が納得される。自己の存在が納得されないと、いわゆる生きている理由がなくなるからだ。生きていて良い存在であるということから、すべてが始まる。自分が生きていて良い存在だったら、当然自分の属している群れ、グループもまた存在が認められる群れでなければならない。肯定されるべき存在だ。

自己を肯定する個が、集まり群れになっている。こうした状況は、自己を肯定する個が群れを認め、群れがまた反対に、個に対して認めるという相互に認め合う関係になる。こういう関係が定着すると、さらに、この関係を説明する理由を作り出すようになる。最初は単なる姻族であったろう。そこから、時間の経過とともに、様々な理由が、考えだされるようになっていった……。何代もさかのぼっても同じ血族、同じ地域に住む等……。同じ経験を長らく続けていれば、共通の考え方を持つようにもなるだろう。そうした中で、自分たちがまとまらなくてはならない共通の経験等から、自分たちがまとまっている理由を説明する理由を探し出すことが起こったに違いない。共通の祖先に関するもの、共通の経験に関するもの、共通の技術に関するもの、様々なものがあっただろう。そしてそれらのすべてを人まとめにして、部族のようなものができていったと考えられる。

人間が生きていくとき、住む場所が必要になる。雨などを避ける場所が必要になる。最初は、ただの雨宿りする程度のものだったろう。洞窟や木の陰程度であったと思われる。それでも、共通の場所で住み、生活することは連帯感を育てていったと思われる。そうした連帯感は、自らのグループの結びつきを、強化していくものだったに違いない。

自己を肯定する個が、集まり群れをつくり、群れがまた反対に、個に対して認めるという相互に認め合う関係にあるとき、これが原動力になって、人の社会は変化してきた。そしてこれは、個々の人の意向ではなく、人が持っていた習性がその様に持っていった。そうオートマチックになされたものだ。人は文明を作ろうとして、作ったのではなく、生活をしていたら文明が出来上がっていたのだ。オートマチックに……。

8章　家族を中心とする生活がもたらした変化

600万年前頃に人類と猿の共通の祖先が誕生したと考えられている。そこから、長い時間をかけて、人類の祖先と猿の祖先は別々の動物へと進化した。250万年前まで、その差はあまりなかった。しかし、その時にやってきた大きな気候の変化が、その違いを生じさせた。

それまで樹上に住んでいた人類は、他のサルたちより樹上での生活が下手だった。だから、安全な樹上の生活場所から、だんだんと隅っこに追いやられ、ついには樹上から追い出されて、住む場所がなくなった。そこで仕方なく人類は、草原で生きていく事になった。樹上生活に比べて草原での生活は大変だった。人類は必死でそこで生活して生きていく為に、果物食から雑食へ自身を環境に合わせて転換させた。人類は必死に生き残りを図った。

草原には肉食獣という強力な敵がいた。これらの肉食獣からの攻撃に、対処するために、団結しなければならなかった。協力して、これらの強力な敵から、自分自身を守らなければならなかった。肉食獣からの攻撃から自分達を守るために、いろいろな工夫をこらした。見張りをたてたり、これらの動物たちの動向を常に把握しようとしていたり、常に集団で行動したりしていた。どうしてもというときは、ひとりではなくみんなで共同して戦うこともあっただろう。

草原で生き抜いていく事は大変だった。実のなっているモノを取って食べれば良い状態から、食べられるものなら何でも食べて、常に新しい食材を開拓していかなければならなかった。そのために、常に新しいことに挑戦していた。新しいことをすれば、新しい経験をする。新しい経験は道具があればという意識を生みだした。何か道具があればという意識は転がっている石を武器や、道具として使うということを思いつかせた。武器や道具がない時の人類は草原の隅っこに、ひそかに生きているだけだった。道具や武器を手にして、初めて人類は他の動物たちと生存を主張して戦うことが出来るようになった。

もし、道具を武器として手にすることがなかったら、人類は滅んでいたに違いない。生存のためにこうしたことに適応できなかったら、今の人類はなかった。

人類が集団生活をしたということから、そこから、起こった出来事。

それは人類が自然から独立していこうとする過程だった⬇道具を作る（住む場所をつくり、武器を作る）。

250万年前～200万年前頃　人類の誕生
80万年前頃　火を使うようになる
30万年前頃　日常的に火を使う
6万年前頃　調理をするようになる
4万年前頃　人間の寿命が長くなった
　　　　　　40歳位↓60歳位
結果　知識が伝達されやすくなった。

250万年前に人類が生まれ、群れを作って生活をするようになった。群れを作り採集をすることで生活していた。そして、近縁のチンパンジーなども同じような生活をしていた。同じような生活をしていたのに、チンパンジーと人類では何が違ったのだろうか。

そのひとつの理由は、一つのことを協力して、行うということだった。私たちにとって何でもないことだが、600万年前に登場した人類と猿の共通の祖先には、難しいことだった。共通の祖先のうち、一つの作業を共同して作業できる種が、人類に育っていったのではないだろうか。共同できる種と出来なかった種が350万年たったら、別々の種になっていたのではないだろうか。

もう一つの理由は、餌の豊富な森から、餌の少ない草原に追い出された人類は、そこで食べることが出来るものを何でも食べ、果物食から雑食に変化しなければならなかった。雑食に変化することが出来なければ生きてはいけなかった。多分、雑食になることが出来なかった種は滅んで、雑食に変えることが出来た種が我々の祖先になるのだろう。そうした先祖が、350万年たったら、別々の種になっていったのではないだろうか。

こうして人類とチンパンジーは別々の種になっていったのではないだろうか。別々の種になるのに350万年かかっている。

人類とチンパンジーなどと共通の祖先から、別々の種になるのに350万年かかって人類が誕生した。この350万年間の変化を、進化をこれから想像していくのだが、この変化、進化は350万年かかって成し遂げたものだということを、念頭において欲しい。

人間の出産

基本的に難産で、ひとりで産むと危険な場合があり、他の人の助けが必要だった。

⬇協力し合わなければ、出産ができない。

できる。

➡人間は協力し合う生活になった。

他の霊長類は子育てが終わるまで次の子を産まないが、人間は次々と子供を産むことができる。

人間の子育て

母親だけでなく父親も参加、さらにはその周りにいる他の人も参加する。

➡協力し合って子供を育てる

人間の赤ちゃんは、生まれたとき何も自分ではできない。仰向けに寝かされたままでいてそのままである。赤ちゃんひとりでは母親の乳房のそばに寄ることもできない。

赤ちゃんの口に、母親の乳房を持ってこなくては母乳を吸うこともできない。人間の赤ちゃんはとても手がかかるのだ。母親は赤ちゃんにかかりきりにならなければ赤ちゃんを育てることはできないのだ。母親は自分の食べる食糧を確保するための時間が十分にとることができなくなるのだ。だから、母親一人では、赤ちゃんを育てることができない。父親の協力もいるし、その他の家族の協力もいる。母親は子育てに専従しなければならないので、食糧の調達は父親が二人分、赤ちゃんの分も入れると三人分の食糧を確保しなければばならない。そして、人間の赤ちゃんは母親を覚えなくてはならなかった、そして父親も覚えなくてはならなかった。赤ちゃんには母親と父親が必ず必要だった。だから家族が生まれた。

でもチンパンジーの赤ちゃんはすぐに、母親にしがみつくことができる。だから自身の力で母親の乳房のところへ移動することが出来る。母乳を飲むことができるので、母親は今まで通りに食糧を調達することができるので、今までの生活と変わらない生活ができる。人間ほど、家族は必要ではない。赤ちゃんは母親にしがみついていて、母親は赤ちゃんを常に抱えていなくても大丈夫だ。

赤ちゃんを育てるということにおいても、人間とチンパンジーはかなり違う生活をしなければならなくなった。

グレン・ドーマン
人類は幼児化することで進化してきた。幼児化することは、脳に関して言えば、脳の使い方を規定される前に生まれてくるということになる。そして生まれてから、環境に合わせて脳を使うことを学ぶということだ。

脳の神経回路は、感覚神経と運動神経のセットで考えることが必要である。両方が一体

として機能することで、脳は正常に機能することが出来る。

人間の赤ちゃんは自分では乳房のところへはいけない。そんな自分の口が乳房のところに運ばれて、母乳を吸うことができたらどういう表情をするだろうか。母乳を吸うことが出来て、ほっとするだろう。さらに、「にっこりとほほ笑むだろう」だから、赤ちゃんは親を見て笑う。母親と父親もまた、赤ちゃんの笑顔を見て、笑うようになる。声に出して笑うこともありうる。そしてだんだんと声に出して笑うことが増えていったのに違いない。お互いに笑顔で接するようになる。しかし、いつも笑顔で接することができたら、良いのだが、そうではない時もあるだろう。その時互いにどうしてだろうと考えるようになる。この時お互いに相手のことを考え、今日はどうして笑顔ではないのかと考える。これらの事を意識して行っていたかどうかはわからない。しかし、意識に上る前にも、こうした思いはあるはずだ。私たちの日常から考えてみるとこれは正しい事だと言える。こうした繰り返しの中で、家族が出来ていった。そして家族のひとりひとりは相手を思いやることができるようになっていったと考えられる。こうした家族の生活のなかで、こうした脳の使い方は、脳を鍛え、脳のレベルをワンランクアップさせることになった。

脳の使用には段階がある

レベル1　眼前の親を見て判断する

レベル２　眼前の親の様子から親の機嫌を予測する
レベル３　予測をもとに行動する
レベル４　・・・・・

そして、この頃人類は住居を持つようになっていた。住居はまた、人類に色々なメリットをもたらした。暑さ、寒さをやわらげ、安心して寝るところをもたらした。そして、いろいろな道具を保管する場所にもなった。これはとても大きなことだった。常に道具が目の前にあることから、一緒に暮らす家族は道具を使う暮らしを、常に目の前で見ることが出来た。知らぬ間に、道具を使うことをマスターすることになった。知らぬ間に、道具を使うことを、教えることなく伝えられた。

そして、住居は家族と家族の間の距離を狭くした。広い空間の一部ではなく、狭い家の中で暮らしているので、常に顔を合わせている感じの生活は、個体と個体の接触が多いので、身体があたったりするので、そこで何らかの感情の表現が必要な場面が多くあった。こうした事は、発話、発語を自然にする状態を生み出した。言葉が生まれる下地となったと思われる。

そして本当にごく簡単な初期の言葉も生まれてきたと思われる。

言葉ができた最初は、ごく簡単なものだったと考えられる。

松沢哲郎
見つめ合うことができるのは、人間とチンパンジーである。

人間の赤ちゃんは母親に抱きつけない。母親は餌探しに行けない。だから、父親と協力しての子育てになる。

チンパンジーの赤ちゃんは母親に抱きつける。母親は餌探しに行くことができる。

子育てが、家族を強化し、脳を発達させた。


最初は感情表現だけだったろう。こうした生活を何十万年もしていると言葉らしいものになっていったと考えられる。そして簡単な言葉が出来たことによって、家族などの間で、意志を伝えあうことができるようになった。意志を伝えあうことはさらに技術や知識を伝えることができる様になったということでもありました。

これに対して、チンパンジーの赤ちゃんもまた、人間の赤ちゃんと一緒で見つめ返すことが出来るそうです。そしてチンパンジーの赤ちゃんは母親にしがみ付くことができます。この点が人間の赤ちゃんと違うところです。ですから、チンパンジーの母親は赤ちゃんを抱くことなしに、動き回ることができるのです。動き回ることができれば、餌を自分で探すことができます。そうすると家族はいらないのです。父親はいらないのです。この違いが長い期間をかけることで、人間とチンパンジーを別の動物にした原因の一つかもしれません。

幼児化とは

幼児化しているとは、人類以外の赤ちゃんは生まれてすぐに自分の足で立って母親の母乳を吸いに行くことができる。しかし人間の赤ちゃんは自分の足で立てないし、母乳を吸いに行くこともできない。人間の赤ちゃんは、赤ちゃんとしてできなければならないことができない状態で生まれてきている。赤ちゃんとして未熟な状態、完成されていない状態、赤ちゃんの幼児状態で生まれてきている。だから生まれてから赤ちゃんになるべく、成長しなくてはならないのだ。**そして未熟だからこそ、生まれた環境に合わせて成長していく事ができる。**—出来上がっていないからこそ、新しい環境に難なく、自分をそれに合わせていくことができる。人類が新たに獲得した意思を疎通させる表情や、言葉としては出来上がっていない音声などを一番よく理解できた。父親、母親の与える環境にぴったり合わせて成長していく事ができる。父親、母親の与える環境に合わせて、脳は成長するのだ。（しかし、成人になるまで時間がかかるようになったということでもある）

道具の使用には段階がある
レベル１　そのまま使う
レベル２　道具を使いやすくして使う
　　　　　台の上にのせて使う等
レベル３　道具を二つ以上組み合わせて使う
レベル４　・・・・・

脳の使用には段階がある
レベル１　眼前の親を見て判断する
レベル２　眼前の親の様子から親の機嫌を予測する
レベル３　予測をもとに行動する
レベル４　・・・・・

言語の使用には段階がある
レベル１　感情語の発声（単語のみ）
レベル２　２語文（主語＋動詞等）
レベル３　３語文（主語＋動詞＋目的語等）
レベル４　・・・・・

赤ちゃんが幼児化された状態で生まれてくることが、人類の進化に、大きな力を与えた。幼児化された状態は、新しい環境に自己を有効に適応させる力を大きくし、この後の人類の運命に大きな影響を及ぼした。

こうした生活は250万年前から始まった。そして30万年前までほとんど変わらなかったと思われる。30万年前頃より、火を使えるようになり、そして同時に石器も使えるようになった。このあたりから、人間とチンパンジーとの差が大きく開き始めたと考えられる。でも、この時点での差はほんのわずかだった。しかしこの後、この差はどんどん大きくなっていった。人間は、獲得したもの（言葉・道具・火の使い方等）を、次の世代に伝えることができるようになっていったから。もちろん最初は、上手に伝えることはできなかった。でも、言葉・道具・火の使い方等を伝えようとするうちに、それらの道具もまた洗練されてきて、うまく伝えることができるようになっていった。これは、本格的な農耕が始まる1～2万年前頃まで続いた。

人類の有史時代の歴史は1～2万年程度だ。250万年前に人類の祖先ホモ・エレクトスが出現してから、火を使えるようになるのに170万年かかり、そして、意図的に使えるようになるのにさらに50万年かかっている。30万年前くらいから、言葉・道具・火を使うようになり、自分たちが獲得したモノを、次の世代に伝えることができるようになっていった。人類の有史時代が始まる1～2万年前ぐらいまでは、その変化は遅々たる歩みだった。農耕を始めるまでまだまだ時間が必要だ。28万年ほどの時間が必要だった。

1章～7章までのことは順番に起こったのではなく、２５０万年前～2万年前までの間に、ほぼ同時に少しずつ、少しずつ、起こったことだ。そして、その歩みはとても、とても遅かった。

個々の事象については、若干のずれはあるかもしれないが……。これらの時代の人類の進歩というか発展は、非常に遅々としたものだった。

ひとつの原因があって、結果が起こる。仏教の中の因果応報のようなものだ。12縁起。しかし、一つの原因が、一つの結果をおこすのではない。ひとつの原因が、その原因を囲む無数の事物に対して、結果を引き起こす。そして、その無数の結果のそれぞれが、また無数の原因として、また無数の結果を引き起こす。世界はこれを無限に繰り返してきたのだ。

人類が森から草原に押し出されたことで起こったことは、無数にある。因があって、その因によって起こることは、無数にあるのだ。12縁起のように、ひとつの因から、ひとつの結果が起こるのではなく、無数の結果が起こるのだ。宇宙の始めが、ビッグバンによって起こったような形で、ひとつの因に対して無数のことが起こった。そして、無数の起こった結果が、また次の因として、無数の結果を残していった。人類が森から追い出されたときに、このビッグバンが起こった。ただ、その結果が目に見える形になるのには、時間がかかった。

ホモサピエンスが出現して、新たな展開をしていくのに、何十万年もの時間が必要だった。そこから、ホモサピエンスが登場してから、農業が始まるまで、また相当な期間が必要だった。農業がいつから、どのような形で始まったかは難しい問題だが、言葉・道具・火を人類が扱えるようになったころから、農業らしきものが始まったと考えるのが自然だろう。しかしそれは、ほんの少しずつしか、進んでいかなかった。最初、自分が食べた果物の種は、食べることが出来なかったので、そこいらに、吐き捨てていた。翌年か、何年かたって、そこに自分が食べている果物と同じものが、〝そこいらに〟できていることもあっただろう。〝そこいらに〟に種を吐き捨てるのは農業とは言わないが、農業の始まりであるのも間違いではない。ここから、いわゆる畑を作り、水をやる農業になるまでに、少しずつ、少しずつ進歩していって、250~200万年前から約2万年前頃までかかった。とても長い時間がかかっていた。そして、農業が始まった。

ところが農業が始まった後、人類の社会は、そのスピードをあげはじめた。

9章　農業の発明・貨幣の発明・文字の発明は相次いでおこった

農業の発明・文字の発明・貨幣の発明、これらはどのようにして起こったのだろうか。別々の事なので別々に起こったのではないかと思いがちだが、しかし、これらの事は同時進行という形で、発明はなされた。これらをひとつひとつ考えていくことにするが、これらは同時に起こった。これらは、ほぼ同時に起こったのだと、頭に入れておいてほしい。

農業の発明

最初に、農業の発明について考えたい。これは人類が250万年前に誕生してから、やっと約2万年前頃になって始まった。農業が始まるまで、とてもとても長い時間がかかった。248万年かかった。**248万年かかって我々の知っている農業が始まったということをしっかり念頭において欲しい。ただそれ以前においても、農業らしきものは行われていた。この事も、間違いはない。**

農業を始めるようになった時、人類は今までよりも、より大きな集団を作るようになっていった。家族で農業をするという形ではなく、仲間たちとみんなで農業を始めたと思われる。自分たちの仲間の長老、もっとも農業に関しての知識を持っていた人がスタートを切った。リーダーがいた。そのためには、さらなる協力が必要になった。採集を止めたわけではないので採集の、かたわら農業は始められた。そして、今日から農業を始めますといって始めたのではなく、いつの間にか始まっていたんだと、考えられる。

どのようにして農業が始まったのか。何がきっかけで農業が始まったのかわからない。しかし推測をすることができる。それは実に様々なパターンがあったと思われる。そのすべてのパターンを考えなくても良いと思う。ここでは、そのひとつだけを考えて先へ進みたい。

農業を始めたことで結果として、今までの社会よりも多くの人間を養うことができる様になった。そして、収穫物の穀物は、保存することが出来るものだった。富が発生した。そして、その富は蓄えることが出来るものだった。

この頃には、家族と家族以外の者の区別をすることで、自他を区別することが出来るようになっていた。だから所有の概念を持つことが出来るようになっていた。所有の概念があったから、人は自分の持ち物と、他人の持ち物を区別することが出来た。区別することが出来たので、余った食糧を誰のものとするのが良いかを判断することが出来るようになっていた。

収穫物は保存できるものだったので、収穫物を蓄えることができる様になった。結果、富を持つものと、持たないものとが生み出された。

私有財産制の始まりだ。

一番簡単に思いつくパターンは、採集経済生活をしていた時、種が衣服についてきて、その種が自分の住んでいる場所の近くに落ちて、それが芽を出し、花が咲き、実がなったことである。これが自分たちの生活にどう影響するか、どんな利益をもたらすか、長い間、人々は気が付かなかった。何万年もの間、何十万年もの間だったかもしれない。それがどれくらい続いたかは、今想像できないが相当な期間続いたと思われる。しかし、約１万年位前の頃に人類の文明の遺跡が現れてきている。農業が始まって、すぐに人類が文明を作ることは考えられない。そこで、さらにもう１万年位をさかのぼれば良いだろう。でも、30万年前（日常的に〝火〟を使う頃）から２万年位前までの間に、いわゆる私たちが考えるところの農業は始まったと考えていいだろう。もう何十万年もさかのぼらなくてもいいと思う。でも、そこから私たちの知っている農業らしいものになるまで、28万年かかった。

２万年前ごろに農耕らしきものが始まった。

今の私たちであっても、そして、本当にごく簡単なことであっても、**新しいことに気づいて、新しいことを始めるのに相当な時間や期間がかかる。**農業を知らない人が農業に気づくのに、様々な気づきが必要だったはずだ。

まず、種というものの意味と役目を知らなければならない。水をかけてやらなければならない等。

例えば種なら、それを蒔けばどうなるかを知っていなければならない。そして蒔いたあと、何をしなければならないか。こうしたことの大体を知っていて、農業を始めるわけだから……。農業を始める前の数百万年から数十万年前は採集経済だったので、植物を採集していたので、採集する植物のことはよく知っていたはずだ。その植物を日常的に利用していたから、栽培しようと思ったのだろう。いや最初は栽培しようとして、始めたのではないと思う。**結果的に、いつのまにか、始まったのではないだろうか。**日常的によく利用していて、扱いやすい植物が、いつのまにか、自分達の身近なところに生育していて、その生育していた植物を利用していたら、それが、最初の栽培植物になったのに違いない。最初は意図しないものから、それが何年も何年も続くうちに、意図する、意図したものへとなっていったのだろう。何年もではなく、何万年も数十万年もかかっただろう。

最初に、種に気づいて意図的に、その種を蒔くようになってから、どのくらいの時間がかかって、農業が成立するようになったのかはわからないが、こうした感じで、農業は始まった。そして、その農業は人々に富をもたらした。自分が必要とする以上に収穫を得ることができた。ほんのわずかであるが……。

農業を行うためには農業を行うための知識が必要で、その知識は、採集をしていた時に、何千年も何万年もかけて、その知識を、貯めていた。そしてその貯めていた知識を使いながら、常にその知識を更新し、農業が成立するようになっていった。知識を貯めるためには、膨大な観察が必要であった。その膨大な観察を生かすためには、その知識の記憶が必要だった。そしてその記憶された知識を生かすためには、農業を計画的に進めることが必要だった。

いつ頃に種をまくと、いつ頃に花が咲き、いつ頃に実がなるかを計画したうえで、種をまく時期を決定しなければならなかった。こうした事が実施できるように、人類は知的能力を高めていた。そしてこうした計画を立てる能力は、その他の事にも使用できるので、人類は〝未来〟を推理する力を手に入れつつあった。今までの人類は、今日の今の事だけしか、考えることが出来なかった、しかし、農業を始めるようになってきた頃には、〝明日〟のことを考えることが出来るようになった。明日の事だけでなく、明後日のことなども考えられるようになった。農業における〝明日〟を考える能力は、農業の1年というサイクル―植え付け、生育、そして収穫―をも考えることが出来るようにもなっていった、これは1年というサイクルを理解していたということだ。だからこの時期の遺跡は、春分の日などと関連している。

さらに、1年のサイクルについてだけでなく、未来についてや、過去についても考えることが出来るようになった。

昨日は、動物を捕まえるときに、上手くいかなかった。この次は、だからやり方を変えてみようということも出来るようになったということだ。

こうした能力は、道具を作るとき、言葉を話すときに使われた能力と同じだ。使われる時を想定して、道具や、言葉を使う。ただ、未来を想定するときは、その想定するときの時間が今までよりも、うんと長い時間を間に挟んだ、ということだ。こうして未来を考えることが出来ると、過去も同じように考えることが出来るようになった。神話を、神話らしきものを創り出せるようになった。基本的に未来を考えるのと変わらないから……。

農業を始めることで、人類の思考は過去についても、未来についても考えることが出来るようになった。また、そうした能力がなければ、農業をしていくことが出来なかっただろう。そうした、新しいことに挑戦していく中で、人類の能力は、少しずつ向上していった。

もう一つ、農業の発明によって、大きく変わったモノがある。採集経済においては、必要なモノを、採集すればそこで作業は終わりになった。しかし、農業が始まった社会では、最後に収穫をするまで、収穫する量はわからなかった。だから、手を緩めることはなかった。収穫し終わるまで、頑張らなくてはならなかった。そして、余分に出来た収穫物をどうするかという問題が新たに出来てきた。

余分に出来た収穫物の所有をどうするか。これは大きな問題だった。農業が始まって、人々は所有という概念を必要として、その概念を発明し、新たな紛争の種にもなっていった。さらに、その所有を確実なものにするために、田畑の所有を明確にしなくてはならなくなった。これが領土、領地という観念を作っていく事となった。

農業は所有という概念を生み出した。そして、所有は貧富の差を生み出した。

そして農業を始めることは、人々が定住生活を始めたことでもあった。一定の場所にずっと住むということから、人々は家を作るようになった。農業を始める以前から家は作るようになっていたかもしれない。しかし、自分達の仲間のすべてが家を持つようになったのは、農業が始まってからだろう。最初に作られた家は、これが家かというようなものだっただろう。でもだんだんと住みやすいものに改善されていっただろう。これはとても大きなことだった。自分の住む家を作り、そこで誰と一緒に住むかということは家族を厳密に規定することだった。ひとつの家に住むことが出来る人数は限られているので……。さらに、家を作るには技術が必要だった。何度も何度も作っているうちに、新しい方法、新しい材料を使うようになっていったと思われる。また、新しい材料で、新しい方法を使うようにもなっていった。これはとても大変なことだった。簡単なことではなかった。ここで編み出された方法は、家だけでなく色々なところで使うことが出来た。家を作るために作った道具は、農作業にも使うことが出来た。反対に、農作業に使っていた道具もまた、家を作る作業に使うことが出来た。家は簡単には作ることはできなかったが、試行錯誤を繰り返して、新しい技術や新しい材料を見つけるきっかけになった。

家に住むということは、モノを置くことが出来るということだから、今までとは違う生活をするようになった。移動しなければならない時は、移動が簡単にできる様に、道具類は絶対に必要なモノだけしか、持たなかった。定住すると、絶対に必要でないものも、置いておくことが出来るようになった。あれば便利なモノでも、たまにしか使わないようなものでも、家に置くことが出来た。さらに、家を飾るようなモノも、置いておくことが出来るようになった。

農業を始めて、家に住むようになって、人々はたくさんのものを持つようになった。そして、所有の概念も持つようになっていった。人はだんだん今までよりもたくさんのモノを持つようになっていった。

農業を始めて、家に住むようになって、人類の集団は大きくなった。今までの家族を中心とした集団から、そうした家族を中心とした集団が、何組か集まったような集団になっていった。今までの何倍もの大きさの集団になった。採集社会の時は、あまり大きな集団は生まれなかった。大きな集団では獲物の取り合いが起こる。分け前が少なくなるし、自分達の近くに食糧となる動植物が、すぐに少なくなって、新たな場所へ移動しなくてはならなくなる。そのためには、小さな集団の方が良かった。一方農業を始めたときは、農業に適した土地は、たくさんあり、他の動物たちと競合した時は、たくさんの人間で協力すれば、畑を荒らす動物たちへの対策をとりやすかったし、人間を餌としようとする肉食動物からも、安全を確保しやすかった。農業集団はそうした理由で、大きな集団になっていった。そして、そうした場所は、後に町になっていった。

貨幣の発明

余分な食糧が出るようになって、物々交換が始まった。

採集経済であっても、自分が必要とする以上のモノが、手元にあるときもあっただろう。同様に他の仲間たちの間でも、自分が必要とする以上のモノが手元にあるようなときもあるだろう。必要なモノは、グループの他の者に分けても、そうした後でも、余るときもたまにはあっただろう。必要なモノが必要なだけしかなければ、何も起こらない。しかし、ほんの僅かであっても、余ったものがあれば、その余ったものを有効に使いたいと考えるだろう。そして、自分の余ったモノが、他の人にとって欲しいものである場合もあるだろう。同様に他人の余ったモノが、自分にとって欲しいものである場合もあるだろう。仲間たちがそれぞれに余ったモノを持っているようになり、そうした状態をみんなが知ってい るようになってきたら、何を考えるだろうか。その余ったものと、自分の欲しいものとの交換を試みるだろう。その交換の場では、いろいろな課題を処理しなければ、交換は成立しなかっただろう。しかし、我々の先祖はそれを克服して、モノとモノを交換する場を持つようになった。

モノとモノの交換が起これば、起こるほど、より効率よく、手際よく交換が行われるようにしたい。こういう欲望が、だんだんと強くなっていくと思われる。何年かに1回、だったものが何か月に1回というふうに交換する〝市〟の回数は増えていったと思われる。そして、余ったモノがたくさんあればあるほどに、市は行われるようになっていくだろう。そして、農業が始まってからは、余ったモノがさらに増えただろう。当然〝市〟は今までよりも、より多く開かれるようになっただろう。

貨幣を使用することによって、群れと群れとの交流は、より活発になっていった。交流がどんどん行われることで、群れと群れは親しくなり、さらに群れと群れは、ひとつの大きな群れになっていった。

貨幣は群れを、大きくしていった。群れは大型化していった。

交換が日常的に行われる様になると、その交換がスムーズに行えるようにだんだんと変化していく。最初はモノとモノの交換だっただろう。でも、自分が欲しいものを持っている人が、自分の持っているものが欲しくない時もあります。そんな時にどうすれば欲しいものにたどり着くことができるでしょうか。貨幣が必要になるのです。モノの価値を決定し、すべてのモノといつでも交換できるものは、本当に便利でした。でも最初から今の貨幣の様な使い方はできなかったでしょう。どのようにして最初の貨幣から、現代の貨幣へと進化していったかもとても面白いことです。でも今は、貨幣が出来たことによってどのように社会が変化していく事になったかに、焦点を絞りたいと思います。

貨幣が出来て社会はどう変わったでしょう。

交換は自分たちの群れの中でも行われたでしょう。しかし、自分たちの群れの中ではそれほど貨幣を必要としなかったでしょう。ですから、交換は、自分たちとは違うグループとの間で行われました。最初は自分たちのグループの隣に住んでいたグループが相手だったかもしれません。でも交換はたくさんの人同士がするほど、いろいろなモノが集まり、珍しいモノを手に入れられるので、たくさんの人々が集まるようなものになっていきました。そしてそのためには、約束事を決めなければならなくなっていきました。ルールが必要になります。だからルールがつくられたでしょう。掟のようなものだったかもしれません。初めは簡単なモノだったでしょう。そしてそのルール、掟はその〝市〟の中でだけで通用させたものなのに、その決まりの幾つかは自分たちのグループや相手のグループ内においても、適用されるモノになっていったと思われます。そうしたものがだんだんと必要になってきて、そうしたものが、作られていったのです。道徳というか、倫理というか、社会の規範というものが、いつのまにか出来てきたと考えられます。

自分たちの群れの中の言葉が、他の群れのグループの人々との間でも使えるように、共通するものと、なっていきました。

貨幣は、モノの交換を活発にしました。物々交換では活発な交換はできませんでした。自分の欲しいものを持っている人がいても、その人が自分の持っているものを欲しがっていなければ交換が成立しませんでした。でも一度貨幣に交換した後なら、交換は簡単に成立しました。ですから、貨幣が出来てからは、交換はとても盛んになっていきました。人々は交換に出すために今まで以上に、自分の作るものをたくさん生産しようとするようになっていったのです。**余分な、余剰生産物を意図的に生産する社会へと変わっていったのです。**

貨幣は、〝市〟を通して社会をより大きくしていく原動力となった。そして、より大きくなった社会においては、その社会をうまく維持していくために、ルールが必要とされ、必要に迫られて、ルールが作られていった。

こうしたルールが、倫理、道徳として社会に定着していった。やがて、習慣から、慣習となり、社会的な規約となっていった。法のようなものとして扱われるようになっていった。

文字の発明

この頃、すでに人々は言葉を持っていました。しかし、その言葉は自分たちのなかだけでしか通用しないものでした。〝市〟の中で人々は、互いに通じ合わない言葉で、交換の作業をしていました。とても不便でした。

交換が盛んになると、個々のグループの話し言葉が、別のグループの話し言葉と通じ合うことが必要になり、だんだんと共通の話し言葉になっていきました。

交換は〝市〟となり、定期的に開催されるようになっていったと思われます。〝市〟が定期的に、行われれば〝市〟がよりスムーズにいくように変化していきます。交換する基準が定められ、それがみんなに周知徹底されるようになっていきました。そのためには、記録が必要になりました。前回の時の値段はいくらだったか。そして今回の値段は、作柄の状況から、いくらと設定するべきか。そこで、記録があるととても便利だったのです。だから、記録が取られるようになり、簡単な記録から、しっかりとした記録が取られるようになっていきました。この時点では書き言葉といえどたいしたものではなかった。しかし、とても便利なモノでした。

記録が必要になってきて、記録をするようになってきた社会は、今までよりもはるかに大きな社会になり、大きな社会になった結果、階層もできてきていた。かなり複雑な社会になってきていた。

文字の発明はこうした〝市〟の中で初めて作られたとは限らないだろう。でも、発明される一つの場面ではあったと思われる。

また、他人が集団で生活していると、意志を伝える必要が起こる。そのとき相手が目の前にいればすぐに意志を伝えることができるが、目の前にいなければ伝えることができない。**相手が目の前にいなくても意志を伝える方法が必要になってきた。**社会が発展するに従って目の前にいない相手に、自分の意志を伝えることが必要な場面が度々起こってきた。こうした必要から、目の前にいない相手にも、自分の意志を伝えられるような仕組みが必要になってきました。このような必要に迫られて、話し言葉から書いて相手に伝える言葉が生まれてきました。

群れが大きい。ということは、いろいろなことを引き起こした。

①いろいろな情報が、いろいろなところからたくさん入ってくるようになった。
②自分たちの社会が、他の社会とつながることが出来ることを知った。繋がりやすいように、共通のルールを作る必要になり、そのルールを作った。
③新しい技術が生まれると、それは自分たちの群れだけでなく、他の群れにも広まった。

話し言葉から書き言葉への飛躍はとても大きい。そして、話し言葉を発展させて、書き言葉は出来ていったと思われる。モノの名前などは、話し言葉で使っていたものを、そのまま使ったと思われる。

他の人に自分の意志を伝えるには、誰にも分かるような論理的なものでなければならない。このためには、知能をさらに高度化しなければならなかった。


最初は簡単なモノだったと思われます。それは、まだまだ書き言葉とは言えない程度のものだった。それは使われているうちに、だんだんと洗練され、より正確に伝えることが出来るようになっていった。

最初は、モノの名前や、数えるための数をあらわすだけだったのが、だんだんと動作をあらわす語も作られて、自分の意志を伝えることができるようなものになっていった。そして、社会が、発展して、その仕組みが複雑になるにつれて、書き言葉もそれに合わせて、複雑な事柄も伝えることができる様になっていった。

　相手が目の前にいなくても自分の意志を伝えることが出来るというのは、とても便利なことだった。


　社会が〝市〟などの交流を行うようになって、社会は複雑になっていった。社会の組織が複雑になるということは、その中に住む人間の関係も複雑になっていったということでもある。複雑になっていって、その中で自分の意志を正確に伝えるためには、言語そのものも複雑にならないと、正確に伝えることが出来なくなるということなので、言語そのものも、だんだんと複雑なことも伝えることができる様になっていった。その一番最初は、モノの名前がどんどん増えていったと思われる。例えば、今まで、モノに名前がなくても不便ではなかったが、交流が増え、社会が複雑になると、そのモノを説明するのに、名前があればたやすく、そのモノのことを伝えることが出来た。モノに名前を付ければ、伝えやすくなる。もちろん、文の構造も、進化していった。最初は、1語文、2語文、だっただろう。そのうちに目的語のある文、補語のある文も使われるようになっただろう。さらには、複文も使われるようになるのだろう。

　何千もの単語を使って、意志を伝える話し言葉は、言語を使っている人々の脳を鍛え、知能を発達させていた。さらに書き言葉は、話し言葉のように、相手が目の前にいない状態であっても、自分の意志を伝えることが出来た。目の前にいない相手に、自分の意志を伝えるには、書き言葉はさらに発展していく必要があった。それらは、さらなる知能の発達をもたらした。

　書き言葉は他にも、もっと大きな変化をもたらした。自分たちの知識を、自分達の子供たちにより分かりやすく伝えることが出来るようになったことだ。この事の結果、人類の進歩は後戻りをすることが、ほぼなくなったと考えられる。知識を書いておけば、確実に子供たちに伝えられるようになった。そして、社会全体もまた、確実に過去の知識を、後世に伝えていくことが出来るようになった。

　しかし、書き言葉はすべての人がマスターしていたわけではなかった。分業と集団化（組織化）が進んでいって、その中の一つの専門職のような形で、書き言葉を書き表す仕事をする人が存在していた。当初は、その社会の有力な人々が、その便利さを知り、そして、利用していただけだった。それどころか、その利便性を隠し、自分達だけが利用するような仕組みにしていた。しかし、便利なものは、いつまでも独占することが出来なかった。だんだんと、その便利なものは、一般庶民の間にも、ひろがっていくことになった。しかし、一般庶民全員が使えるようになるのには、非常に**時間がかかった**。現在もまだ、１００％の識字率が達成されていないのは、残念なことだ。

三つの発明―貧富の差を生み出した

農業の発明、貨幣の発明、文字の発明は、30万年前～2万年前の間になされた。そしてこの間、生活としてはそんなには変わらなかった。ところが、2万年前頃から人類は明らかに他の動物たちとは違うような存在になっていった。28万年間は個々の発明はあったけれど人類の社会はそんなに大きくは変わらなかった。約2万年前から、これらの三つの発明が、人類の生活を大きく変えていき始めた。農業の発明、貨幣の発明、文字の発明、これらの三つの発明はバラバラな出来事であったが、それらは次第に相互に影響を与えて、足し算ではなく、掛け算の影響を人類に与えた。結果、それまでの人類とは全く違う人類になりつつあった。

以前の人類は、自然の中で暮らしていた。これらの三つの発明をした後の人類は、以前の人類とは非常に大きな違いを見せ始めた。同じように自然の中で暮らしていたのだが、彼らは、しだいに家を作ってその中で暮らすことを始めた。これまでの環境からの影響を受けるだけの生活から、自分達の暮らしやすい環境を人為的に作り出して、その中で暮らしていくという生活を始めた。そして、2万年を過ぎたあたりから、遺跡として残るものを作りかけていた。でも、この段階に達するのに、28万年間かかった。

人類が登場して250万年から、農業を始めかけるまでの28万年前までは、とても長い時間だった。この間に人類は、その生活を少しずつ、少しずつ変えてきた。他の動物たちとほとんど変わらなかったところから、ちょっと違う生活へと変えていった。そしてそのちょっと違っていたのが、あらゆる面で、人類の生活を少しずつ変えていった。少しずつ変えられた生活が再び、人類にあらゆる面で、新たにちょっと違う生活をさせるようになっていった。ちょっとずつ違う新しい生活になっていった。その積み重ねが、他の動物たちと、あきらかに違っている、全く違う。というふうになるのに、248万年かかった。そう、ここで、ビッグバンが起こった。宇宙のインフレーションのように、ここで起こったビッグバンは、以前のビッグバン（人類が草原へ出て、2足歩行を始めたとき）よりもスピードが増していた。農業の発明はあらゆることに多大な影響を与えた。貨幣の発明もまた、あらゆることに多大な影響を与えた。文字の発明もまた、あらゆることに多大な影響を与えた。そして、これらの三つのことは、互いに影響し合い、その影響はまた、新たな影響を互いに与えあった。そしてここから、人類の進歩は、加速していった。ここからの進歩は以前とは全く違う。とても速いスピードになった。

人類の社会のなかも、大きく変わった。これまでの社会では、モノが乏しかったので、その差はほとんどないに等しかった。しかし、これらの三つの発明のあとでは、その差ははっきりと誰にもわかるようになった。貧富の差が生まれてきたのだ。貧富の差が生まれてきたことで、社会は新しい段階に入った。そしてこの貧富の差も、そのまま次の世代に受け継がれていく事になった。人類は文化や技術をそのまま子孫たちに伝えることができた。これはとても重大で、素晴らしいことだった。人類は進歩していっているのを明確に自覚することができる様になりつつあった。しかし、これは人類が意図したモノではなく、オートマチックな進化だった。

10章　集団化と分業化のもたらしたもの→部族の成立

農業の発明、貨幣の発明、文字の発明は、所有という概念を生み出した。そして、この所有という概念は、このあと社会を進展させていく大きな力となった。所有したいという欲望が生まれ、人々はその欲望に駆られて生きていくようになった。その結果、分業化（専門化）と集団化（組織化）はさらに推し進められた。集団はさらに大きく、大きくなっていった。そして、貧富の差をどんどん大きくしていった。三つの発明によって、大きくなってきた貧富の差は、時間経過とともに、さらに大きく育ち、部族を作り、部族はさらに成長して、王国になって、さらに近代国家へとなっていった。

集団の大型化

農業を始めると、人々は農業に適した土地に定住するようになった。定住するようになると、その集団はだんだんと大型化していった。

農業を始めて余剰の穀物ができるようになって、採集経済時には何でも平等に分けていたのが、いつも余る穀物ができ、平等に分けなくても、飢え死にすることもなくなった。採集経済時には所有という概念はなかったと思われる。所有という概念がなかったから、平等に分けることができた。いつも余る食糧があるようになって、所有という概念が生まれてきた。その余ったモノをどうするか、だれのモノにするべきなのか。そもそも、農地にできた産物はだれのモノなのか。農業を始めてすぐに、人々は、農地をめぐり、隣人と争うようになった。隣人だけでなく、仲間内でも余りの穀物が誰のモノであるかという争いが起こるようになった。所有という概念が人々の間に育っていった。

狩猟採集民にとって土地の所有は必要ではなかった。食糧のアルところへ行けばよかったから。

同様に遊牧民にとって、土地の所有という概念は生まれなかった。現代においても、遊牧民は国境を決めるという意志を、考えを持っていなかったから、随分損な目にあった。農業を始めていた他の集団の人たちにとっては、境界はとても大事であったので、遊牧民たちの暮らす社会にも、境界を持ち込んだ。先に住み込んで、「ここは俺のモノだ」と宣言した者が結局、その場所を自分のモノをしてしまった。これは、現代もそうだ。

農業を始めた人たちが、境界をつくり、そして、それは国境になった。

採集経済の時には、収穫するモノのある所へ行くだけであったので、その収穫するモノのあるところへ、先に着いたものがその収穫物を、自分のモノとすることが出来た。先取権とでもいうようなものがあった。そこで、収穫できる間は、そこで暮らしたが、収穫し終われば、また別のところへ行くだけだった。そこに、この場所は自分の土地だという意識は全く生まれなかったし、そうした意識は持たなかった。

しかし、農業が始まると、その農地—農地も先に利用していたものが自分のものとした。これも先取権のようなモノだといえる—にできたものは、その農地を持っている者のモノだという考え方が、農業を行っている者たちの中で、確立していった。そして、農業を行う人たちがどんどん増えていった。農業経済は採集経済よりもより多くの人間を養うことができた。農業経済に入った人たちは定住したので農業のできる土地に居つくようになり、その土地を自分のものと考えるようになっていった。農業をする人たちは、この様に考えるようになっていった。彼等にはこれは正しいことだった。

採集を続けていた人たち、遊牧で採集生活をしていた人たちにとって、これは農業民の勝手な都合であった。遊牧で採集生活をしていた人たちは、昔からの生活を、昔からのまま続けていこうとしていただけだった。しかし、農地に入った遊牧民は農地を荒らすけしからん輩として追い払われることになった。このルールの変更は、誰の許可もいらなかった。多数派の農耕民が、少数派の遊牧で採集生活をしていた人たちに押しつけることで完了した。以降少数派の遊牧で採集生活をしていた人たちは、豊かな土地から追い出されて、農耕民のいない場所、豊かな実りのない土地に追いやられることになった。この頃の人間の社会のなかでは、強いものが、弱いものを押しのけて、自分達の意志を押し通す社会だった。やはり、弱肉強食（自由競争）の論理の世界だった。

農耕民の社会では、自分の農地を確保するために、他人の農地を認めるようになっていったと思われる。これらは、最初は隣人との間で、認め合っていた。しかし、人と人との交流が盛んになるにしたがって、自分の土地を他の人にも認めさせることが必要になっていき、それを保証する人間が必要になった。全体を取り仕切る人が必要になった。それは、当初は自分たちが一緒に暮らす群れの、〝長〟だった。

個人と個人の争いは、必ず勝った人と負けた人ができた。勝った人はだんだんと有力者となった。有力者ができると、追従する人も出てくるようになっていった。そうすると、家族の集団以外の別のグループが出来てくる。さらに、こうしたグループがひとつではなく、いくつもできてきたと思われる。集団はこの様にして成長していき、だんだんと大きく、複雑になっていった。

社会が大きく複雑になるにしたがって、その社会の構成員が必要とするモノの数、種類は増えていった。〝市〟の必要性は集団が大きくなるほどに大きくなっていった。それとともに、たくさんの構成員がいるということは、社会を構成する仕組みもより細かくなっていき、細かなことも明確に決めておかなくてはいけなくなった。たくさんのルールが必要とされるようになってきたということになる。

集団が大きくなればなるほどに、共通の決まり、約束はどんどん増えていった。

階級（階層）の成立

余剰の穀物は蓄えられた。しかし、穀物は保存がきくとはいえ、そんなに長く持つものではなかった。そして保存の技術もまだまだだった。最初は、何年もの保存はその穀物を腐らせるだけだった。したがって、余剰の富を所有する人と、そうでない人との差は最初は大きくはならなかった。

しかし、その年、余剰な穀物を得た人は次の年も余剰な穀物を得る場合が多くあると思われる。

その人の使っている土地が豊かな土地で、毎年毎年豊かな実りをもたらしたかもしれないし、技術的な面、知識的な面、財政面で、それらの人々は優秀だったからかもしれない。こうしたことが毎年続くと、いつも裕福な人々と、いつも余裕のない人々とが、固定されるようになってくる。ここに階級（階層）が発生してくる。裕福な人々と余裕のない人々という階級（階層）が出来てくる。

集団化＝組織化、分業化＝専門化することで、人間社会は発展してきた。そして、今人間社会そのものも、組織化と分業化がおこってきた。それは、階層化という形であらわれてきた。人間自身の階層化が始まった。豊かな階層、貧しい階層が生まれてきた。それは、支配する階層と支配される階層でもあった。集団化＝組織化、分業化＝専門化した中に、階層、階級が生まれた。この後の社会はこれらが、複雑に絡み合って作られるようになっていった。そして、社会の構造はより細かく、より大きく、より複雑になっていく。

貨幣が集団を大きくしていった

自分たちの集団のなかだけで、モノのやり取りをするだけならそれほど貨幣は必要ではない。余剰のモノができ、余裕があると変わったモノも欲しくなってくる。自分たちの集団内にあるものだけでは満足できなくなってくる。そうすると、近くの他の集団の持っているモノの中にそうしたものがあるときが起こってくることがある。

ここに集団と集団の付き合いが始まる。〝市〟も始まる。集団と集団の付き合いは、仲が良ければひとつの集団になるかもしれない。仲が悪ければ、戦いをして一方が、一方を飲み込んでしまうかもしれない。また単に、〝市〟で顔を合わせるだけであるかもしれない。色々な場合があっただろう。

〝市〟が円滑に運営されるためには、共通の貨幣が必要になる。共通の貨幣があれば、交換は非常に簡単になる。そしてこのために貨幣は発明された。貨幣が発明されたことで、〝市〟は変わった。〝市〟は顔見知りの相手と行われていたが、同じ貨幣を使うのであれば、全く知らない相手とも、取引することが出来るようになった。見知らぬ相手とも共通の貨幣を使えることで、集団と集団の付き合いは、これまでの何倍にもなった。そしてそこで交換されるものの量も、何倍にもなった。集団と集団の付き合いが、これまでの何倍にもなった。集団間の物の流れる量も何倍にもなった。何倍にもなることで、集団は、大きく成長していった。

貨幣の発明は富の所有する仕方をとても簡単にした。それでいて、今までよりもはるかに多くの富を所有できるようになった。貨幣は貧富の差を大きくしていった。貨幣はいくら貯めても腐らないものが貨幣になった。富める人間は、ますます多くの富をためることができる様になっていった。そして文字の発明は、蓄えられた富を誰のものかを明確にしていくために使用されるようになっていった。

集団化はどこまで進んだか→国家の成立

最初は血縁だけの小さな集団だった。所有という概念さえ必要としない集団だった。言葉さえ持っていなかった。それが何万年を過ごすうちに、農業を発明し、文字を発明し（もちろん言葉のほうが先に生まれていて、それから文字は発明された）、貨幣を発明していった。そうした中で、言葉が生まれ、簡単な言葉から、より複雑な言葉（厳密に伝えることができる様な言葉―レベル１～レベル２、３へ）になっていった。

言葉の使用には段階がある
レベル1　感嘆の言葉など
レベル2　モノの名前を付ける。動きを説明する言葉を作る
レベル3　名詞と動詞を使って簡単な文を使う
レベル4　単文から複文を使う

こうした状況は、毎年全く同じように行われていたが、何百年も続くと、微妙に社会を変えていった。ある地域の小さな血縁だけの集団が、少しずつ大きな集団に成長していった。こうした集団同士の交流。交流することによって、利害が生まれ、仲間となったり、敵対関係になったり、いろいろな関係が生まれただろう。そうした関係から、小さな集団は、まとまって大きな集団になっていったと思われる。どこまで大きくなったか。自然からの制約などから、部族的な社会にまでは、発展した。そこから、さらに大きな国家になったところもあれば、そこで、そのまま現代まで続いている部族の国家もある。何が、その違いを生み出したか、これを追求することは、面白いし、意義のあることだと思うがここでは、そうしたことがあったとだけで、先へ進もうと思う。

今もまた、部族社会であるところもある。そして現代の我々の暮らす社会もある。社会に部族社会ができた。ごく狭い地域の集団から、相当な大きさを持つ集団になり、より組織化されていた。その組織の内部には、役割分担が決められ、人はその役割に基づいて各個人の仕事が決められた。組織化が進んでいった。部族社会の中で組織化が進むということは、官僚組織が出来上がっていくということだ。

官僚の組織は、人類社会が生んだ最古の組織になる。

人類の歴史とともに、官僚組織は、始まっている。そして、贈収賄もまた、始まっている。

社会が大きくなれば、その社会をスムーズに動かすための人員がいるようになる。官僚という組織はそのために、出来てきた。

そして、その社会の中で人々は生活し、自分自身もその中で、官僚になったり、その中の特定の仕事をして、その集団を構成する一部分として、生きていくようになっていった。

こうした状態がどれだけ続いたかはわからない。しかし相当な期間が続いたと思われる。相当な期間続いたことによって、この部族社会から、次の国家という新たな、さらに大きな社会が生まれた。そして、これも、オートマチックに進んだ。

11章　小さな部族国家から王国へ、さらに近代の国家へ

部族国家間での弱肉競争

部族国家同士の競争の行きつく先は、王国だった。この競争は、部族国家にとって、生き残っていくことが出来るか、消滅してしまうかの厳しい生存競争だった。それは、武力によるものと、交易によるものがあった。競争によって淘汰されていった。

そしてその王国は民族国家、多民族国家として存在し、これらの国々は民族等の利益を代表する存在となり、王国同士間でさらに激しく弱肉強食の争いをするようになった。各部族が持っていた神話は、民族という単位でまとめられ、民族の神話となっていった。そうした民族の神話は、民族をまとめるものから、民族をまとめたものとなり、結果として他の民族と戦うための理由を説明するモノにもなっていった。

部族国家の国同士間で競争をするようになったが、それは常に戦争をしていたのではなく、隣国として付き合うということもあった。隣国として付き合うということは、交易をするということでもあった。交易は、経済の面での競争でもあった。有利な条件で交易をすることができた部族国家もあったし、反対に不利な条件でなければ交易をすることがで

きなかった部族国家もあった。こうした交易が長く続けば、交易で部族国家を富ますことができた部族国家と、そうでない部族国家ができて、そしてそれぞれの部族国家は固定化していったと予想できる。そして、こうした競争が、豊かな部族国家と貧しい部族国家を作りだし、強国の部族国家と弱国の部族国家を生み出していった。

交易は同時に、新しいものを創り出したり、見つけ出す根源になった。それは、新しい技術を生み出したり、新しい生産物を創り出していく原動力だった。よその国にある珍しいもの、変わったもの、新しい便利なものなどが、いろいろな国に広まり、よその国にしかなかったものが、自国内でも作ることが出来るようにもなっていった。戦争だけでなく、新しいものを創り出すということにおいても、国と国は生存をかけて競争していたのだった。この様に部族の国家間では、生存をかけて競争をしていた。そして、そのそれぞれの部族の国家の中では、同じように個人と個人の間でも競争が行われていた。

個人間の弱肉競争

部族の国家の中の個々の個人においても、競争は行われていた。個人の競争においても、国家間と同様に、生存をかけた厳しい競争だった。個人間における弱肉強食の生存競争は、これまでと同じように行われていた。これまでの弱肉競争の相手は、目の前にいる仲間との競争であった。それは、集団なり、組織に入るための競争で今までと同じように続いていた。

　そして、組織に入るための競争とともに、さらに入った集団内においての競争、組織内での競争が目立つようになってきた。部族国家、あるいは王国が大きくなるにつれ、その中の集団や組織も大きくなっていった。その集団、組織を構成する人数が多くなるにつれ、その集団、組織内での地位が問題となってきた。たくさんの人数がいて、それらの人々がすべて平等であることは、考えられない。その集団、組織内で指導的立場になるか、中間的立場になるか、全くただの構成員になるか。組織内部においても、その中で階層が生まれてきた。個人は、集団に入るための競争と、入ったその集団内部での競争にさらされていた。それは内部での地位、立場、階層をめぐる競争だった。

組織と組織との競争

　多くの組織がつくられて、自分の属する組織と属さない組織との競争も生まれつつあった。多くの組織がつくられるようになり、たくさんの組織があるために、組織同士での競争も起こるようになっていった。社会はどんどん複雑になっていった。

　組織に属す個人は、その組織に入るための競争に加えて、その組織の内部での地位、立場、階層を確保するための競争もしなければならなくなっていった。さらに、自分の属す組織は、他の組織との競争もしていた。他の組織との競争は、部族の国家を、さらに大きな部族の国家へと成長させていった。

近代の国家の成立へ

個人は毎日を弱肉強食の世界に生きていて、その世界で生き抜くために、集団に入り、そして組織の一部として生きることを選んでいた。そして同時に、その集団の組織内においても、生き抜くために、その中で指導的立場か、従属的立場か、あるいは中間的立場かの、いずれかに分類されなければ生きていけなくなっていた。どこに所属しているかによって、自分自身の集団、組織内での待遇が違うようになってきた。

今までの集団、組織には、ほとんど階層がなかったが、あってもそんなに明確なものでなかった。しかし、組織の数が非常に多くなってきて、組織が非常に大きくなり、その組織に属する人々の数が非常に多くなってくると、その組織内においても分業が必要になり、そして、組織内において、その分業がだんだんと明確になりつつあった。明確になるとともに、その分業は、その組織内部での支配する階層と、支配される階層に大きく分けられるようになった。この様に組織内で起こってきたことが、組織と組織の間にも起こってきた。

支配する組織には、これを助ける組織、この仲間になろうとする組織が存在し、これらの組織の持つ利益のおこぼれにあずかろうとする組織もいた。これらの組織はその社会の傾向を決めるのに影響を与える程の数に達していて、社会を維持していく方向に進めていくような影響力を、いつとはなしに持つようになっていた。こういう組織も含めて、支配する組織と支配される組織が明確に出来てきた。そして、その中間に位置する組織も出来てきていた。

そして、その中間に位置する集団や組織においても、それらの集団や組織そのものが、支配階級に属するものと、支配される階級に属するものに、分類することが出来るようになっていった。どちらとも区別できない集団や組織もあった。しかし、集団や組織においては、基本的に支配する側に位置しようとするのが当然であった。自分たちにとって正しい選択は、自分達にとって有利になる集団や組織に味方することだった。

部族的国家の内部でこうした事が起こるようになり、そうしたことが長い間起こっているうちに、部族国家は大きくしっかりしたものになっていった。

同時に部族国家同士の間で、生存競争が激しくなり、淘汰される部族国家が出てきた。そうした部族国家が、より大きな王国へと成長していった。そして、その王国もまた、激しい競争の中で、近代の国家へと成長していった。

官僚の誕生

部族国家の状態が長く続いているうちに、いろいろなことが起こっていった。より安定した状態になるように、部族国家自体も、それを構成している組織も少しずつ変わって行った。

部族国家自体も、他の部族国家との関係から、他の部族国家と競争関係になり、飲み込んで大きくなっていく部族国家も生まれてきた。そして飲み込まれて消滅していく部族国家も出てきた。たくさんの部族国家が淘汰され、ごく少数の部族国家になっていった。そうして大きくなった部族国家には、官僚が生まれてきていた。

一方、それらの部族の国家内のそれぞれの組織は、その数も増えていき、その個々の組織も、大きくなっていった。そうする中で、それぞれの組織は、自己の存続をかけて、生存をかけて競争していた。生存をより確実にするのは、部族国家の一部になることだった。つまり、支配階級に仕えるようになることだった。支配階級になるための競争が行われた。部族国家の一部になるということは、その部族を支配する人々と一体化することだった。

こうした競争は、全体の流れを、支配する階層のほうに持っていくことになる。そして、結果として、全体の流れを創り出し、全体を安定化させる。こうした集団や組織は体制をうまく動かして、全体をスムーズに動かすためのものだから……。そして、そこを動かしている人たちは、自らの組織をスムーズに動かせれば結果として国という組織は、うまく機能していく事になるので、彼らは支配階級に重宝がられるようになっていった。そうしたことが続くと、彼らはいつのまにか、自身が支配階級であるかのようにカン違いをしていくようになった。社会を動かす役目をする人たちが、自分達の行動を正しいことと考え、そう信じるようになってしまったとき、その様に考えることが、社会的正義であるというふうになっていった。

そこを動かしている人たち

大きな社会転換が起こった時、その社会転換が成功するかしないかは、「そこを動かしている人たち」がその転換に同意するかしないかが、成就するかどうかを決めているようである。ジャスミン革命などではそうだった。前の時代の官僚が革命に同意することが必要なのだ。

例えば、王政は王にとって自分に都合が良い仕組みであった。王政を支える官僚の組織にとって、自分達の仕事を円滑に実施するためには、王の権力は当然のモノであって、これに疑問を抱くことは、非常識なことだという考え方がとても都合が良いので、そうした事を、正しいことだという風に考えることが都合が良かった。そして、この様に考えることが社会に広まっていった。

この頃、社会全般の倫理というか道徳というか、正義というか、通念といわれるものが、いつのまにか出来てきた。今までもあったが、この時代にはっきりとしたものになっていった。人を殺してはいけない、人のモノを盗ってはいけない。こうした事柄は、この時に初めて決まったものではないが、この頃に明確になっていった。〝人のモノ〟など、誰が決めたわけではないが何となく決まっていたものが、確定された。こうした決定は、倫理に基づくものではなかった。単に、今の時点で、持っていたから、それはその人のモノだということになった。

その決め方は、今までの流れを単に追認するだけのものだったが、これをおびやかす行為は、社会に対する挑戦のように扱われた。この時代に認められた所有権は、今もなお、正当な権利として認められている。これをおびやかす行動は、すべて反社会的な行動とされている。

これらは、その当時の支配者にとって都合の良いことだった。これらが善であるとしたのは、その当時の人々にとって、それが都合がよかったからに過ぎない。それが正義なら、みんなにとって都合が良いことを正義とすればいいのではないか。今の時代は、それを引き継いで、今の世の中の正義、倫理、道徳が決められていて、社会のみんなも、それが正しいと考えているので、それに反する行動は、悪であるということになっている。しかし、**もともとは当時の人々によって都合が良かったので、そうなっただけ**だということを覚えておいて欲しい。

今の時代、みんなにとって都合が良い制度があれば、その制度に変えても全く問題はないと、私は考える。そしてそうすべきであると考える。

社会の組織の制度の仕組みとともに、社会を構成する人々の社会の所有を認め合う正義、倫理、道徳も出来た。

権限を移譲する社会

原始、人はすべてを自分でしなければならなかった。食糧を確保するのも、毛皮で衣服を作るのも、何もかもすべてを自分でしなければならなかった。

この時代、分業と専門化が進み、自分の仕事をしっかりしていれば、その仕事をした賃金で、自分の必要な品物を買う生活になってきている。こうした社会を私は権限移譲社会と名付けている。

こうした形で、ひとつの政治の体制が確立し、その政治体制を支える倫理が出来上がってきた。

集団や組織自体においても、同じ仕事をする仲間とは、同業組合のようなものを作って、共通する利害を守ろうとするようになっていった。また部族国家が王国になっていくにつれ、国家が大きくなり、国を管理、運営する為のたくさんの人間を必要とするようになっていった。

これらの人々は、いわゆる公務員、官吏等としての集団・組織になった。そして、農業をする人々の集団・組織。手工業でモノを生産する集団・組織……。モノを運搬して国内を移動する人々の集団・組織。そして、これらをつなぎ、モノを、あちらから、こちらへと、売買したり、移動させたりする今までなかったいろいろな集団・組織が生まれた。

公務員、役人でも、政府の行政を担うもの、また軍人として軍役を担うもの。

農業の中でも、穀物をつくるもの、果物をつくるもの、野菜を作るもの、家畜を飼うもの。

手工業者の中でも、農器具を作るもの、武器を作るもの、陶磁器を作るもの、家具を作るもの、衣服を作るもの。

時間がたつにつれ、これらの階級（階層）はさらに細かく細分化されていった。個人は組織に取り込まれ、たくさんできた組織は階層に分類された。階層に分類された組織は、さらに組織と組織の繋がりから、上部組織、中間の組織、下部組織とされるようになり、全体としてより効率的になっていった。

この時代は弱肉強食（自由競争）の世界であることは間違いないのであるが、その弱肉強食を決めるものが、変わってきた。以前は、物理的な力とそれを有効に使うための作戦力であった。この時代になって、弱肉強食（自由競争）を決定づけるものは、以前からの物理的な力と作戦力に加えて、財力＝経済力が重要になってきた。お金を多く持つものが、自分の意志を通すことが当たり前になってきた。お金を多く持つものが、社会を動かしていくようになってきた。一番お金を自由に動かせる人が、そのお金を使って、様々なモノを所有し、その所有したモノ、例えば田畑を所有し、それを他の人に貸して、年貢を取るなどをするようになっていった。そうすることで、その地域の支配者となっていった。

地域の支配者があちこちに生まれ、そのあちこちの支配者は、互いに競争をして、戦った。そして勝ち残ったものが、さらに大きな地域を支配するようになり、民族国家、近代国家となっていった。国と国との戦いもまた、財政の裕福な国家が勝った。

国家間の戦争は、新しいモノを生み出し、国家内の組織は、より効率的な組織に改編されていった。こうした新しいモノ、より効率的な組織を生み出せなかった国家は、国家間の戦争に敗れた。

こうして国家が成立した。この頃、中東で生まれたキリスト教は非常に大きな勢力として、ヨーロッパの国々の中に浸透していた。その勢力は、国家と対等というよりも、国家よりも強い場合もあった。

そして、そのころキリスト教の聖地エルサレムが、イスラム教徒によって占領されていた。その聖地を回復しようと、ローマ教会は十字軍の派遣を考え、実行した。これは正義だったのか、よこしまなものだったのか、わからない。こうして、国と国との戦争の時代は始まった。ヨーロッパが、アジアに攻め込んだ。

いろいろな面を含めて、力の強いものが世界を支配しているのは、間違いがない。

現代もまた、この論理が通用している。正義が通用しているのではなく、近代の社会に近づけば近づくほど、集団化が進み、組織化＝分業化はより細かな組織を作り出した。近代の社会に近づいてくればくるほど、職業は細かく分けられていき、新たな職業がつくられていった。そして、世界は、鎖国した状態でいることが出来なくなり、互いに繋がりを持つようになってきた。

近代の国家が出来てきた頃、いくつもの国家ができ、その国家間同士の弱肉強食（自由競争）の生存競争はとても激しかった。

そして、そのそれぞれの国内においても、たくさんの階級（階層）ができ、階級（階層）間での生存競争、さらに、同じ階級（階層）のなかでの生存競争も激しくなっていた。これは一般の人々にとって、苦しいことであったかもしれない。しかし、人間が競争することは、能力ある人が、あるいは一生懸命に頑張る人が、世に出るチャンスが増えることでもあった。

12章　十字軍　ルネサンス　大航海時代　宗教改革　市民革命　産業革命

昔の家族の神話は、家族の群れの神話から、部族の神話になっていった。そして、部族間の競争が激しくなっていった。そうした競争が続く中で、部族は国家に、部族の神話は、民族の神話に成長していった。部族が成長していく中で、その部族の中で、人々がどのようにふるまったらよいのか、どのように付き合うべきなのかが、問題になっていった。そのために、部族とともに成長していた神話の中に、どう生きていくべきなのか、どういう行動が正しいことなのかも、その中に含まれるようになり、人々の日常生活の規範、道徳となっていくものも追加されていった。

近代の国家のひな型というべきものが成立しつつあった。

十字軍の派遣

この頃、キリスト教の聖地イスラエルが、イスラム教徒に支配されるようになっていた。一方、西欧では教会の権力が最高潮に達していた。

そのために、十字軍が派遣されることになった。

十字軍（１０９６年）が派遣されることで、一般の人々までも、今まで特別な人以外は知らなかった世界を知るようになった。普通の人間が実際に自分の目でよその世界を、見て、触れることが出来た。

十字軍の派遣は、それに伴って非常に多くの人々が移動するようになった。そして、それらを調達された資材を持って十字軍に参加するための物や資材が必要になった。そして、それらを調達した人々、沢山の人々がモノを持って移動した。それらの沢山の人々はその途中で、食事をしたり物を買ったりした。十字軍の移動によって非常にたくさんの人々の経済交流が起こった。もちろん文化的な交流もまた起こった。


そうした交流は、世の中はヨーロッパだけでなく、アジアという地域もあるということを、一般民衆にも知らせた。そして、そこでは今の自分たちと違う国家があり、自分たちの知らない言葉を話し、自分たちと違うものも食べ、自分たちと違う習慣を持って生活しているということを知った。違う世界には違うルールがあり、違うルールにのっとって生活している人々がいるということを大勢の人々が知ったのだ。

1096年　第1回十字軍　庶民の東方の知識の拡大、そして、別の世界のある事を知る
1445年　グーテンベルクの活版印刷　庶民の自己判断の高度化、庶民の知識の増大に伴う自己主張をしようとする芽生え。
13世紀末～15世紀末　ルネサンス　庶民の自己主張の始まりに伴う文化が花開く。
15世紀～17世紀後半　大航海時代　庶民から時代を先導する人々が誕生していった。⬇新興階級の登場
16世紀　宗教改革　知識を拡大させ、聖書を読み始め、自己を主張することができ、航海で稼ぎ始めた人々は、もはや教会のいうことをすべて信じることが出来なくなった。自分の考えを持ち、自分の判断で、行動するようになった。
17世紀～18世紀　市民革命　自分の考えを持ち、自分の判断で、行動するようになった人々は、航海で稼いだ財産も、持つようになっていた。そうした人々が増えて、ひとつの階級を構成するようになった。ブルジョワ階級。

自分の立場から考えると、おかしなことを政府が行っていることに気が付いた。しかし、当初は自分たちにそれを正す力も権限もないと考えていた。
しかし、ロック、ルソー、モンテスキューなどの啓蒙思想家が出現し、彼らブルジョワ階級の人々に理論的根拠を提供した。結果、市民革命がおこることとなった。

違う世界があるということは、今までの自分たちの世界のルールが絶対ではないということを意識させた。その意識は、今の自分の住んでいる世界のルールが絶対ではないということに気づかせた。

今の自分たちの社会のルールは絶対ではないという考え方を心の奥底に持った大勢の人々が十字軍の派遣によって生まれ始めていった。

こうした状況の時に、グーテンベルクの活版印刷機（１４４５年）が発明された。活版印刷によって、旧来からの知識を印刷することが出来るようになった。十字軍によってもたらされた新しい経験、知識もまた印刷することが出来るようになった。新しい知識を求める人たちには、こうしていろいろな知識が、もたらされた。印刷された知識は、人々の間に普及していった。そして新しい考えを持つ人間が生まれ始めた。新しい知識の最大のものが聖書だった。これまで書き写すことでしか新たな聖書がつくられなかったのが、活版印刷で、できるようになったことで、安くて、大量に聖書がつくられるようになった。これは大変なことだった。これまで〝聖書〟というものは貴重なもので、教会のお偉方だけが持つものだった。だから、教会のお偉方は、一般庶民が持ってない聖書を片手に、〝神はこういうことを言っている〟ということができた。ところが、一般庶民も聖書を持っていれば、一般庶民もまた、同じ個所を同じように見て確かめることができるので、直接〝神〟の言葉に触れることができる様になり、教会という権威が権威を維持するためにつく嘘を見抜くことができるようになったということでもあった。

活版印刷はこれまで、王様を超す権力であった教会の権威に対して、一般庶民の無条件の服従を強制させにくくした。これは、教会から自立しようとする人々を生み出したといえる。

13世紀末〜15世紀末　ルネサンス

自分たちの住んでいる世界のほかに別の世界があるということを知った人々、そして、活版印刷によって、いろいろな本が印刷されるようになった。もちろん、今まで知らなかったオリエントの世界についての知識もまた、本になっただろう。様々な知識が本という形で、一般大衆にもたらされるようになった。こうした結果、今までの時代の人々よりも、この時代の人々は、多くの知識を持つことができる様になった。

さらに、この頃、天動説がコペルニクスによって、間違いであって、本当は地球の方が動いているということが明らかにされた。世界を作った神が、地球を中心に創ったのではなく、太陽を中心とする惑星のひとつとして地球を創ったのは、教義から外れてしまうので、これは大変な主張だった。教会の権力が強い時代に、大変なことを主張したのだから、非常に大きな騒動になっただろう。そして、教会の権威を落とすものだった。教会の主張することは絶対に正しいということではないことを一般大衆に教えることになった。色々な面で、こうした色々な新しい考えが出てきたのが、ルネサンスの時代だった。そして、それは、こうした様々な形で、教会の権力を抑える方向に働いた。

そして、人々は別の世界の人々と、自分たちとを比べて、いろいろと考えた。

「なぜ、別の世界の人々と我々は違うのだろうか」

―彼らと我々は全く別の人間だからなのか。いやいや、見たところ同じ人間としてしか見ることができないではないか。では我々と彼らは何が違うのだろうか。そこで、人々は、人間とは何だろうか、人間とはどういうものだろうか、人間とはどう生きるべきものだろうかと考えたのではないか。

そして、十字軍は戦争をしに行ったのだから、そこでは多くの人の死があった。目の前で他人の死を見ることもあっただろう。仲間の死に面した事もあっただろう。人の死は、自分の生を改めて考えさせる。そして、その時、人は、必ず死よりは、生を肯定するようになる。

今の生きている生活をもっと楽しむべきではないか。死者を前に、自分の生を考えたときに、もっと生きていることを楽しまなくてはと考えるようになった。

意識してこういうことを考えなかったかもしれない。しかし、こういう疑問を心の隅に置いて、時代を生きていたら、ルネサンスが生まれてきた。―

別の世界を見てきた人たちが、別の世界から帰ってきて、自分の元いた世界を見たとき、何を感じただろうか。

こうした人たちがたくさん、身の回りにいて、彼らの別の世界での経験は、その周りの人たちにも何かのきっかけで、話をされ、その周りの人たちに伝えられた。そして伝えられた経験は、伝えられた人々から、さらにそれらの周りの人々に伝えられていった。それは大きな流れとなっていった。

そして、ルネサンスとなって花開いた。活版印刷が発明され、聖書をはじめとする様々な本が出版されたことが、ルネサンスを起こさせた。これまで、知識はごく限られた人々しか得る事が出来なかった。様々な本が出版されるようになったことで、今までの何倍もの人々が本に接することが出来るようになった。これは、人間の高度な考えるという力が、今までの何倍にもなったということだということに気づいてほしい。本がない世界においては知識を持っていた人たちが１００人いたとすると、本が出版された後は知識を持つ人は１００００人になった。これは社会全体の知能が、１００倍になったということなのだ。

そして、これが、この後の社会の発展のスピードを速くさせた大きな理由だろう。社会を変革する能力のある人の数が100倍増えたということは、社会における発明や発見が今までの100倍のスピードになったということだ。社会を変革する能力のある人の数は、知識を持つ人々の数によって決まる。

この後の時代においても、社会の発展のスピードは速まっていく。知識を持つ人々の数がどんどん増えていくので、そのスピードが速くなっていく。教育制度が知識を持つ人々をどんどん増やしていったからだ。そして現代は、すべての人が教育を受ける時代になり、社会を進化させる力を、すべての人が持つことが可能な時代になった。だから、進化のスピードはさらに速くなっている……。

でも、まだこの頃には、天動説が信じられていた。世界の中心に地球があり、その中心に、人間がいる。そして、人間は神によって創造された。だから、世界は人間中心に出来事が起こり、人間には、宇宙を創造した神との約束があり、その約束に基づいて生きている。こうした考えを、疑問視する考え方が密かに、生まれてきている。ルネサンスは、こうした考え方を生じさせ、こうした考え方を育てていったといえるかもしれない。

ルネサンスは、人々の活動の範囲を、今知っている世界から、未知の世界へまで、広げる働きをした。それまでの世界は、自分の知っている世界しかなかった。そこで完結していた。自分の知らない世界は関係がなかった。しかし、その知らない世界と、繋がりを持つようになりつつあった。そしてそれは、地球上のすべての世界を一つの世界にするきっかけとなった。ルネサンスの活動は、次の航海時代を始まらせる働きをしたといえる。
陸路で中国へ行くことが難しくなった為に、別の道を探さなければならなくなった。その結果、海路で行くことが出来ないかと考えることになり、新しい道を海路で探すようになった。

15世紀～17世紀後半　大航海時代

庶民から時代を先導する人々が誕生していった。⬇新興階級の登場
16世紀　宗教改革
知識を拡大させ、聖書を読み始め、自己を主張することができ、航海で稼ぎ始めた人々は、もはや教会のいうことをすべて信じることが出来なくなっていた。自分の考えを持ち、自分の判断で、行動するようになった。
17世紀～18世紀　市民革命
自分の考えを持ち、自分の判断で、行動するようになった人々は、航海で稼いだ財産も、持つようになっていた。そうした人々が増えて、ひとつの階級を構成するようになった。ブルジョワ階級。
自分の立場から考えると、おかしなことを政府が行っていることに気が付いた。しかし、

当初は自分たちにそれを正す力も権限もないと考えていた。
しかし、ロック、ルソー、モンテスキューなどの啓蒙思想家が出現し、彼らブルジョワ階級の人々に理論的根拠を提供した。結果、市民革命がおこることとなった。

オスマントルコが東洋への陸路の道を閉ざしたためにヨーロッパの人々は、東洋への新たな道を探し求めた。その一つが海路だった。

海路にオスマントルコはいなかったが、厳しい自然があった。航海を重ねるうちに、船舶の技術も発達していった。小さな船から、大きなしっかりした船を造ることができる様になった。航海の技術も発達していった。地図もまた正確なモノを作れるようになっていった。こうした発展は海路による交易を安全なものとした。東洋の珍しい品々は、こうした冒険者に莫大な利益をもたらした。莫大な利益は、さらに多くの人々を航海の旅に誘った。こうして大航海時代が始まった。

その中に全く新しい未知の国々を発見しようとする人々も現れてきて、実際に北アメリカ大陸、南アメリカ大陸他が発見された。ちょっと考えると、新大陸が発見されたという表現は、おかしいのであるが……。現代の歴史は、勝者の歴史だから、ヨーロッパの人にとって都合の良い歴史になっている。日本もヨーロッパではないのに、それに従っている。早々の見直しが必要だ。

この大航海時代は、この地球上のすべての国と国を交易によって結び付けた。今まで他の世界の国々と無関係に存在していた国と国とを、しっかりと結び付けた。残念なことに、対等な関係ではなく、これまでの社会を支配していた弱肉強食、強いものが相手を支配するという関係で、結び付けられることになった。支配する国と、支配される国ができた。

そして、支配する国は、支配した国から富をどんどん持って帰り、裕福な国になっていった。支配された国は、富を持ち去られ、貧しい国へとなっていった。

支配する国は自分たちに都合の良いような関係に持っていった。帝国主義と植民地の関係がつくられた。この貧富の差は、現代になっても埋めることが出来ていない。

ルネサンスで生まれた啓蒙思想が、ヨーロッパにはあったが、この啓蒙思想はヨーロッパの人々の間では広まりつつあったが、ヨーロッパのなかだけの事だった。肌の色の違う別の人種には、この啓蒙思想を適用しようとは全く考えなかった。そのために、アフリカの人々を奴隷として、ヨーロッパやアメリカ大陸等へ連れて行って、売買する奴隷貿易が、行われるようになっていった。そこには、何のためらいもなかった。

啓蒙思想がひろく、すべての人々に適用されるようになるにはまだまだ時間が必要だった。しかし、世界中のすべてが、結び付けられひとつになり始めたのは、この大航海時代からだった。

いわゆる新世界を発見した国々はそこで大きな利益を上げた。そして、実際にそうした行動をとった人たちも、大きな利益の分け前に与った。

大きな利益を上げた人々と、大きな利益の分け前に与った新しいことを恐れない行動的な人々は、新しい新興の階級を構成するようになった。この階級の人々は、新しいことを好み、冒険心に富んでいて、そこそこの金持ちだった。そして、彼らの活動は新しい知識をもたらした。彼らは、旧来の事にとらわれない行動論理を持ち、積極的に新しい知識を求めようとした。

そうした彼らの行動は、社会を大きく変化させる大きな要因になっていった。

そうした彼らを動かしていた考え方は何だったのだろうか。

ここまでの人類は自然の中では、弱肉強食だった。そして、自分達のつくった社会もまた弱肉強食（自由競争）だった。社会の中では食べられることはなかったが、強いものが支配者となり、弱いものが被支配者となった。そして、先に見つけて自分のものにしたものが、所有するのが当然だった。所有したものは親から子に所有され続けていくのが当然だった。

人の社会は、私有財産制で自由競争だった。だから、自分の都合が最優先される社会だった。この制度は、社会を動かしている人々にとっては都合の良い制度だった。**昔から**

の慣行を維持することは、自分達を守ることでもあった。こういうふうに考えている新しい人々が社会を運営していた。

こうした事は、オートマチックだった。人類が意図したのではなく、勝手に、この様に進んでいったのだった。

16世紀　宗教改革

絶対の権威であった教会の主張していた天動説に対して、地動説が世に出てきた。そして、十字軍の遠征によって、別の世界があることを知り、グーテンベルクの活版印刷で、聖書の知識、その他の新しい知識を得、ルネサンスで自我に目覚め、大航海で新たな新興階級を形成した人々は、新しい啓蒙思想の考えを吸収し、その新しい啓蒙思想の考えで行動していくようになっていった。

新しい時代は、教会にとって不利だった。ルネサンスで生まれた新しい知識は、教会の権威を損なうような作用をしたように思われる。地動説、万有引力の法則等は、何事も教会の言うことが正しいから、少しずつ、教会の言う通りではないこともあるということに気づかせるきっかけになった。そして、これまで全く知られていなかった新世界を旅して、そしてそれらを植民地とした人々は、その成功から大きな自信を持つようになってきていた。大きな自信もまた、教会から離れて、自分達だけの力で、神の助けを借りることなく、物事を進めていこうとする傾向を生み出していた。
新しい考えを吸収し、行動していく中で、この新たな階級の人々は明確な自己の意志を持つようになっていった。明確な自己意識で毎日を生活していると、社会で正しいこととされていることに対して、自己の意見を持つようになってきた。これは納得できること、これは納得できないことというようになってきた。

こうした人々がどれくらいいたかはわからないけれど、社会の中で世論を形成するくらいの数はいたと思われる。こうした中で、教会が「免罪符」等というものを発行していた。

こうした時、我々なら、何を考えるだろうか。そして、どのような行動をとるだろうか。教会というものを信じなくなると思う。
当時の人々も我々と同じように、考えた。彼らは「聖書」にはそのようなことは書いてないと主張した。彼らの主張は多くの一般大衆にも支持された。一般大衆はこの混乱の中で、「偉い人」の言うことをすべて聞かなくていいということを、知った。そして、人々は神がすべてでないことを知った。人々は神から自由になった。神が全てでないなら、自分達人間は何者だという追求が始まった。神が全てでないなら、自分たち人間は、どのような存在なのか。そうした事を考えているうちに、人間とは、そもそも自由な存在であったのではないか、という考え方が生まれてきた。

自由人という考えが生まれてきた。そして、自由な思想を持つ思想家が生まれてきた。

こうした根源的な問いに、様々な思想家が様々な答えを提出した。そして、この思想家たちの思想が、新しい時代を支える思想になった。

17世紀〜18世紀　市民革命

自分の考えを持ち、自分の判断で、行動するようになった人々は、同時に航海で稼いだ財産も持つようになっていた。そうした人々が増えて、ひとつの階級を構成するようになった。ブルジョワ階級が出来つつあった。彼らは、自分の意志で行動するようになった。そして、彼らが自分の意志で行動した結果、社会が豊かになっていくのを肌で感じていた。自分達の行動が、社会を変えていっているのを、だんだんと自覚していき、自分達に社会を変えていく力があるのに気が付いたとき、その力を使えば、自分達を支配している力をはねのけることが出来るのではと、思うようになっていった。

そして、自分の立場から考えると、おかしなことを政府等が行っていることに気が付いた。しかし、当初は自分たちにそれをただす力も権限もないと考えていた。しかし、知識人の中から、実際に社会の中で社会を動かしているのは、ブルジョワ階級の人ではないか、それなのに社会を動かしているのは、王侯、貴族、教会の人々であるのは、「おかしい」と考える人々も生まれてきた。

そうした人々は、そのブルジョワ階級の人であったり、その近辺の人だった。「おかしい」と思うことは、同時に「社会とは何だ」ということでもあった。

彼らは「社会とはどうあるべきか」を必死で考えた。同時に「教会の束縛から独立して、自由になった我々、人間とは何だ」ということも、考えた。こうしたことを考えることは、今までの人類の社会では、なかった。今までの人類は、社会の流れていく中で、生きてきただけだった。そこには何の目標もなかった。

こうしたことを考えることは、理念を求めることだった。

「人は何のために生きているのか」、「社会は何のためにあるのか」こうした疑問に答えたのが啓蒙思想家たちだった。啓蒙思想はこうして誕生した。

ロック、ルソー、モンテスキューなどの啓蒙思想家が出現し、彼らブルジョワ階級の人々に理論的根拠を提供した。結果、市民革命が起こることになった。

日本の明治維新などでは、どうだっただろう。革命はどうして、起こすことが出来たのだろうか。革命が維持できたのはどうしてなのだろうか。

社会の中の人々のすべてが、賛成して革命が起こるのだろうか。

あのとき、維新を目指した勢力は日本の人口のうちどれほどの数だったのだろうか。いわゆる志士は10％もいたのだろうか。多すぎるかな。でも、シンパはかなりいたと思われる。このシンパが重要な働きをしたと考えられる。そしてこのシンパが生まれるのは、その時代の雰囲気というか、その社会の倫理が微妙に動揺していることによってシンパは生まれる。西洋の啓蒙思想が、日本では、尊王の思想だったのだろう。同じものではないが、同じような働きを果たしたのだろう。今まで駄目であったことが、良くなる。今まで良くないことであったことが、良いことに替わったりしたのだ。

変革自体も、どのような政体にするのが良いかもはっきりしていなかった。それでも、維新は実現した。前衛が10％位いて、そしてそれを応援するシンパがそこそこいれば、革命は起こりうるのだということだ。うまくいけば、そういう状態でも良いのだ。明治維新ではうまくいったが、これは非常にまれなことだと思う。他の社会の大多数では失敗している。

日本社会の大多数は、黙って見ていた。そして、その大多数は、革命と自分とは無関係だと思っていた。ただ成り行きによって、自分にとって利益になるかどうかは考えていた。利益になりそうであれば、そちらの側につく。シンパは仲間を増やすために、大多数に対して利益を誘導するように動いているので、大多数はそれを見て、利益になる方を選択してきた。そして、革命は成功した。明治維新はこれだけの理由で成功したのだろうか。

もう一つ理由があると思う。

それは、徳川幕府の官僚たちが、新政府に協力したからだ。新政府が、新たに行政組織をいちから作っていたなら、それに時間がかかって、革命はとん挫していたに違いない。それでは、なぜ徳川の官僚たちは、協力したのか。これも不思議だが、この時代の社会の雰囲気―**本居宣長の思想が、大きく影響したと考えられる。尊王が正しいという考え方が官僚たちのなかにも支配的だったのではないだろうか。だから、徳川を裏切るという倫理に悩まされなくても良かったのでは**―に従うのに抵抗をあまり感じることがなかったのだろう。もし官僚たちが、新政府に反抗的であったなら、明治維新は、成立していなかったと考えられる。

明治維新では革命が起こった時、革命前の構想は大幅に変更されてきた。これは、革命後の政体が明確でなくてもそれは可能ということだ。明治維新では尊王攘夷から、いつの間にか、尊王開国に変わっていた。それでも、明治維新は成立した。建前と実態は違っていても、その時の社会の状況が、革命を必要としていたので、革命は成立したのだろう。

大体革命後は利益を前衛とシンパが共有するだけだ。大多数が革命の利益に浴することはあまりない。革命が成功した途端に、その革命の主体の中で、勢力争いが起きる。シン

パは脇にやられてしまう。もともと10%だった主体の中で権力闘争が起き、今までなら微妙な違いだったものが大きな違いとなり、革命後の構想が変更されることになる。

今までと違う世界のオリエントを見てきた人々、船に乗ってアジアへ旅してきた人々、そして、聖書をしっかり読んで、教会の権威から脱した人々、この様な新しい人々が生まれてきていた。これらの人々は、数は少なかったが、活力を持ち、社会に変革をもたらしていた人々だった。

彼らは互いに影響し合い、しだいに社会に対して大きな影響を与える様な存在になっていった。最初、彼らは王権に反抗する気力も、体力もまだ持っていなかった。

こうした社会に、啓蒙思想が生まれてきた。啓蒙思想は、そうした彼らに大きな力を与えた。彼ら新興階級が、王権に対抗しても良いという思想的なバックアップをした。彼ら新興階級が王権に反抗するときの思想的根拠を与えたのだった。思想的根拠を持った彼らは、この事によっていつでも王権に対抗することが可能になったのだった。

革命の起こる下地は出来てきていた。このあと、どのような条件が整ったときに、革命は成立するのだろうか。

革命を起こす階層の人々が出来た。そしてそれを支える思想もできた。あと足りないものは、社会の中の、変化を求める人々（社会から脱落した人々、脱落しそうな人々、自由に行動したいのに行動できない人々、自由に行動したい人々の利益のおこぼれに与っている人々）の中の新しい社会への期待だと思う。直接力を振るうことはしないが、古い権力に立ち向かいたい、新しいうねりを支えたい、社会を変えたいという気持ちを持つ人々が、直接の行動に出た人々を直接に応援することはしないが、かくまうことをしてもいいかもと考えられるような雰囲気が社会に出来てきたときが、革命が成功するときだと考えられる。そのためには、啓蒙思想が社会の中に行き渡らなくては、そうした社会の雰囲気は出来上がらない。

啓蒙思想が、単なる啓蒙から新しい社会の指針となる思想に変化した時、旧社会に対して暴力行動に出ても、それは革命として成立する。その時、今までの啓蒙思想は、ブルジョワ階級（階層）の勝利を説明する理論、ブルジョワ階級（階層）の勝利を当然とする理論となった。

そうした中で近代国家の三つの基本が確立された。しかし、それは単なる理念でしかなかった。

基本的人権、国民主権、三権分立

革命を成功させたのは、ブルジョワジーも含めた今までの被支配階級だったが、被支配階級はひとつではなかった。革命の原動力は、色々な階級の人たちだった。ところが、革命が成功した後は、**革命の原動力だった人々は、それぞれ、元の階級に戻ってしまった。**そして、もともとの階級に戻って、もともとの仕事をするために戻っていった。支配階級は入れ替わったが、それ以外の階級はほとんどそのままだった。―**実際に身体を張って革命をおこした人々は忙しかった、日常の仕事に追われていたので、その仕事を早くこなしたかった。彼らは仕事をしなければ、明日から食べていくことが出来なかった。**―そして、そこに残ったのはブルジョワジーだけだった。残ったのがブルジョワジーだけだったから、権力闘争をすることなく、彼らは権力を握ることになった。初めは、一緒に革命を起こした仲間たちのことも考えていたかもしれないが、次第に自分達に都合の良いようなことばかりをしていくようになっていった。

彼らは、三つの理念（基本的人権の尊重、国民主権、三権分立）を守ろうとしたが、権利を主張しない人々の権利は次第に無視するようになっていった。革命のあと残って、政府を創り、その政府を維持していくことが出来た階級はブルジョワジーだけだった。だから、ブルジョワジーにとって都合の良い体制が整っていった。

権力を握った人々は、これは権力を握った人々にとっては常のことだが、自身に都合の良い政策を行うようになっていった。

国民主権の国家が出来たが〝国民〟は文字通りの国民ではなく、ブルジョワジーを中心とする国民ということになった。

しかし、建前は〝国民主権〟の新しい国家が出来上がった。

ブルジョワ階級（階層）の勝利、そして、基本的人権、国民主権、三権分立を国是とする国家が出来ていた。

産業革命

ブルジョワジー階級は働き者だった。

彼らは彼ら同士で激しく競争をしながら、船に乗って、世界中を駆け回って彼らの商品を輸出するだけでなく、その世界中で売買する商品もまた求めて、競争していた。国内でそうした商品を探して、その商品を調達して、あるいは自らその商品を製造して、これらの商品を持って世界中に売りまくろうとしていた。

彼らはそうした商品を大量に求めていた。

その彼らの前に、蒸気機関が発明され、その蒸気機関がそれらの商品を作るための動力となることができた。蒸気機関は極めて力が強く、今までの人の力の何倍もの力を生み出した。そして疲れることなく何時間でも働くことができた。だから、蒸気機関を使うと、今までの何倍もの商品を作ることができる様になった。何倍もの商品を持って行くことが出来れば、今までの何倍もの売上を上げることができ、今までの何倍もの儲けを出すことができた。

イギリスで始まった産業革命は、これまでの東洋優位の社会を、産業革命をいち早く成し遂げた西洋優位の社会に変えてしまった。
以後、西洋は、東洋の先を行くようになり、東洋をその支配のもとに置くようになった。

ブルジョワジー階級は必死に働いて、稼ぎまくった。産業革命はこうした中で進行していった。とても速いスピードで進行していった。今まで、世界のごく一部としての存在だった西欧が、世界をどんどん変えていくようになった。どんどん変えていくというよりも、世界を支配するようになっていった。世界は西欧のモノになった。

この産業革命を起こしたブルジョワジーの人々は、社会の中に明確な階級として存在するようになった。そして、裕福な階級でもあった。彼らは、王侯貴族に次ぐ階級として存在し始めた。新たにのし上がってきた階級であったために、一般人とも親しかった。むしろ一般人のあこがれの存在でもあった。一般人はブルジョワジーになりたいと思っていた。啓蒙思想家は、このの し上がってきた新興階級を、理論的に後押しするような思想を、この社会を説明する、この社会が納得できるような思想を考えだした。

「基本的人権、国民主権、三権分立」

の考え方を彼らに提案した。

十字軍から～市民革命から～産業革命

十字軍、活版印刷、ルネサンス、大航海時代、宗教改革、市民革命、産業革命は西欧を大きく発展させた。今日の近代文明のもとを築きあげた。

十字軍～産業革命まで社会は大きく発展してきた。こうして、振り返るとなるべくしてなったようである。しかし、これは人々が、こういう社会にしたいと思って、なったのではない。みんなが勝手にやりたいようにしていたら、こんな社会が生まれたということだと考えられる。その時代の人々が、次の時代は「我々がこういう形にして生きていきたい」という願望を持って、意図して作り上げた社会ではない。そういうところから、「私は社会はオートマチックに進んできた」と考えている。「基本的人権、国民主権、三権分立」の考え方によって、市民革命が行われたから、意図して、近代社会が創られたのではという反論が聞こえてきそうであるが……。「基本的人権、国民主権、三権分立」の考え方は当初、西ヨーロッパの人々だけに適応させるモノだった。アジア人、アフリカ人、南アメリカ人、中央アメリカの人々は、その対象とされてはいなかった。

市民革命は、理想を目指したものではない。ブルジョワジーが自己主張を貫いたら、結果的に市民革命になったということなのだ。理想を求めた結果革命が起こったのではない。この社会革命は正義に基づくものではなく、自己の階級（この時はブルジョワ階級）の利益を守るために行われた。そしてその時、絶対の多数でなくても、社会のかなりの部分から支持されれば、革命は可能だったということだ。かなりの部分がどれくらいかは重要なことであるが、ここでは問題としないことにしよう。その証拠に、「**基本的人権、国民主権、三権分立**」は自分達だけのルールで、植民地とした世界の人々に対してはそれらを適用する気持ちも考えも持っていなかった。自分たちの中でも、これらの考えは、単なるお飾りで本当に実行する気持ちも持ってはいなかった。人権の問題はこの後もずっとこれらの人々の国内にあっても、ずっと実現すべき問題であった。

社会はオートマチックに進んできた。

この革命を中心になって起こした人々の中には、ブルジョワジー階級と彼らに付き従う提灯持ちの人々がいた。提灯持ちの人々はある意味、ブルジョワジーの階級の人々よりも、先鋭的であった。彼らはブルジョワジーに迎え入れられるために、ブルジョワジーよりも、ブルジョワジー的行動をとり、ブルジョワジー的主張をした。

こうした結果、市民革命はなった。現在の社会はこの延長上にある。近代国家はこうして誕生した。


現在もその当時も、近代国家では「基本的人権、国民主権、三権分立」の考え方は絶対的に正しいものとされている。「基本的人権、国民主権、三権分立」の考え方に基づいて世の中は、運営されるべきだと一般的に承認されている。しかし、この考えの恩恵を受けることができたのはすべての人ではなかった。ブルジョワジーとその提灯持ちの人々だった。理念では、建前では、「基本的人権、国民主権、三権分立」であったが、国内的にも、対外的にも、それらを適用された人は多くはなかった。

基本的人権の考えは、すべての「人間は平等で、平等に扱われるべきだ」。

建前はそうだった。本当にそう考えていたなら、この時に理想の社会が成立していたかもしれない。しかし、理想の社会は出来なかった。現実の社会は、今までの社会を支配していた弱肉強食（自由競争）の論理、強い者が自分の都合の良いようにしている社会だった。

建前の論理と、強者の論理がごちゃ混ぜにされていて、その時々の強者の都合によって、社会は運営されていた。

「人は自由でなければならない、そして、自由に競争をしていけば、社会は良くなっていくだろう」という奇麗な言葉で、社会を規定していた。しかし、これは、自然界の弱肉強食の論理を、自由競争と言い換えただけだった。

このごちゃ混ぜの状態の中で、我々人類は、2度の大きな試練に出会うことになった。

13章　二度の世界大戦　理想と現実のはざまで

第一次世界大戦

「人間は平等で、平等に扱われるべきだ」という考え方が生まれていたが、しかしそれが正しいことで、人類のすべてがそうした考えで、そうした考えを実際に実行していこうというふうにはなってはいなかった。この時点においても人類の社会の原理は弱肉強食（自由競争）だった。現代も弱肉強食（自由競争）の時代である。強い国家が弱い国家を支配するのが当然だった。そして強い階層、階級の人々がその国家を支配するのが当然だった。「基本的人権、国民主権、三権分立」の考え方はある。この思想を西洋の人々は知ってはいる。しかし、西洋の人々は行動の基準としては、いなかった。

第一次世界大戦は、産業革命を成し遂げて世界の支配者となっていた一群の国家群と、それを追いかけて産業革命を成し遂げて、支配者のグループの一員となり、支配者のグループのはしに加わろうとしていた国家たちとの間での、植民地の取り合いだった。そして当たり前のことだが、先に産業革命を成し遂げていた国々が、その戦いに勝ったのだった。ここには、先の「基本的人権、国民主権、三権分立」の理念は全く反映されていない。存在したのは、「強いものが、弱いものを支配し、強いものが、弱いものからすべてを奪っていく」ということのほかに何もなかった。

第一次世界大戦の頃の世界では、社会は強いモノがすべてを取ってしまうという世界だったのだ。自由競争の社会だった。この社会では、強い者が自分の思い通りにするということが当然だった。この時まで、それが正義だったということを覚えておいて欲しい。

この頃、啓蒙思想が正しいという認識は世界中で認められていたが、考えとしてだけであって、それを行動基準としようとする動きはなかった。それらは建前として認められていただけだった。世界は、それらを知ってはいたが、それらを実行する気持ちを全く持っていなかった。彼らが支配されていたのは自国の利益を確保するということだけだった。自国の利益をまず第一に考えた。世界のためという考え方は、知ってはいたが知っているだけだった。建前と本音を使い分けていた。それは世界中の国々にとっては当たり前のことだった。

この時、世界は三つのタイプの国々に分けられる。先頭にいた国々、そしてその先頭に遅れまいと必死に追いかけていた国々、そして、これらの国々に植民地とされた国々。

先頭に立っていた国々は、植民地にした国々に株式会社を設立し、その会社がそこで思い通りに事業を行い、都合が悪いことは現地の政府にさせて、利益を本国へ持ち帰っていった。いうことを聞かない現地の政府は武力で脅し、それでもいうことを聞かない現地の政府は、傀儡の政府に作り変えていた。今までならその国を征服することを考えたのに、この時の先頭に立っていた国の政府は、征服することを考えずに、利益を上げることだけを考えた。そして、この先頭に立っていた国々は、莫大な利益を自国へ持って帰った。そして、豊かな国家になった。

これを見た2番手の国々は、これを見て自国もまた、同じような状況になるべく、先頭の国々の隙間を自国のものとするために、植民地とされた国々へ押しかけていった。隙間がある間はまだ良かった。隙間がなくなってくると植民地のあちこちで小競り合いが起こるようになっていった。それが第一次世界大戦だった。植民地とされた国々の人々にとっては、地獄の時代だった。しかし、それらの国の政府にとっては、自分たちの政権をある意味で保護してくれるものでもあった。

この時代、すべての国は自国の利益のために行動していた。「基本的人権、国民主権、三権分立」の理念のあることは知っていても、それを守る気は全くなかった。しかし、自国内の国民に関しては、適用しなくてはいけないだろうとは考えていた。しかし、他国の、ましてや植民地としている国に住む人々に対しては、全く考慮されていなかった。そして、それが世界の通念だった。

そして、それが世界の常識だった。

一方、帝政ロシアにおいては、社会主義革命が起きた。これはある意味、人類が初めて目指した理想社会であったが、社会主義の理想はまだ一般化しておらず、社会主義理想に燃えた知識人による、前衛思想を持った人々による革命だった。このため共産党が全権を握り、一般大衆を導いていくという考え方だった。前衛思想はそれなりに意味があったかもしれないが、それを具体化した政府は、最悪だった。そしてこの革命は、共産党が十分な力を持っていなかったために、他の政党たちとの権力闘争にも、勝たなければならなかった。

理想を実現するために、他の政党との闘争をしながら、内部においては前衛思想により、内部の権力闘争に明け暮れせざるを得なかった。このために、自由、平等、博愛を実現させるどころではなく、かろうじて平等を目指したのだった。しかし、前衛思想を持っていたため、指導する人々は、強力な権力を持って国を運営していったので、この革命を起こした国の体制は、平等を目指すために強力な権力を持った指導層のいる国家になってしまった。そして、その強力な権力は、対抗する勢力の存在を許さなかった。粛清を行って、自己の権力の延長、保持に努める前衛となって、理想からは大きく離れた存在となっていった。それは、昔の独裁主義国家のような体制となっていった。そして、一部では世襲制のような形になりそうな国もあったようだ。

社会主義の思想の出現は、いわゆる近代国家に大きな影響を及ぼした。「基本的人権、国民主権、三権分立」の考え方を、建前として、飾っておくことだけでは、自分達の社会にとっては、いけないことで、実際に実行しなければならないことだということに、気付くきっかけになった。実際に気づいて、「基本的人権、国民主権、三権分立」を成し遂げなければならないと考え、実行しようとする人々が出てくるようになった。しかし、その勢力はまだまだ弱いものだった。

人間の志向

人は平等を好むか、自由を好むか。どちらだろう。

社会主義と自由主義（資本主義）、の人が置かれている状況によって違うだろう。今、人が置かれている状況では、どちらを選択することになるだろうか。

人間についての認識

人は権力を握ると、その権力をずっと握っていたくなり、権力をずっと握っていくことが出来るように社会そのものを、変えてしまう。政敵になりそうな人物を排除したりして、自分自身を安全な状態に置こうとする。そして、これが粛清につながる。粛清をすることによって、自分が権力から降りたときに、報復されることがないような後継者を選ぶようにしている。しかし、この後継者の選択はあまりうまくいかないようだ。

現代の社会においてもこれは、続いている。ロシア、中国、北朝鮮他においてみれば、その通りだと考えざるを得ない。

日本においても、長期にわたる政権においては、自らの任期そのもののルールを、変更して長期にわたたてって政権を運営するということが行われている。幸いなことに、世襲制を目指す傾向は全く見られないが……。

こうした人間の傾向を考慮して、新しい制度を考える必要がある。

第二次世界大戦

第一次世界大戦から20数年後、再び全世界を巻き込んだ世界大戦が起こった。

第一次世界大戦後は、戦勝国がその戦後処理を行った。そしてそれは、強い国が、弱い国へおこなったもので、そこにあったものは正義ではなく、強い国にとって都合の良い論理で、いわゆる弱肉強食、強者の論理、そのものだった。直接戦って、戦争に敗れた国に対しては巨額の賠償金を取り、敗戦国が海外に持っていた植民地を、自分たちで分けてしまった。植民地としていた国々には、自分たちの仲間で自分たちに都合の良い国境線を決めて、自分達の支配を明瞭にして、**自分たちの間でもめ事が起こらないように国境線を確定させた。**そこには、その植民地とされていた国々に対する何の考慮もなかった。ひとつの民族がその時に国家を持っていなかったために、国境線によって二つの分断された地域の住民になってしまった悲劇がある。アフリカ大陸の国々の国境線が直線によって分けられているのは、その為だ。そこに住んでいた人種の都合は無視された。だから、一つの人種が、国境によって二つの国に住むことになり、結果、様々な悲劇が起こっている。現在アジア、アフリカ内で起こっている紛争の大半は、原因がそこにある。責任は、それらの国境を押し付けた国々にあるのではないだろうか。

そして、アジア、アフリカ諸国内には、「基本的人権、国民主権、三権分立」の思想と、社会主義の思想が密かに浸透しつつあった。

敗戦した国は、第一次大戦後には非常に苦しい状況に追い込まれた。追い込まれたので、国内には戦勝国のつくった秩序に対しての敵意が醸成されていた。

一方、戦勝国はますます世界を支配するのが当然という体制をつくっていった。

こうした中で、再び世界の先頭に立っていた国々と、追いかけていた国々との対立が厳しくなってきて、２度目の世界大戦が起こった。ここでも、当然世界の先頭に立っていた国々が勝った。

ここでも、正義が行われたのではなく、戦勝国にとって都合の良いことが正義とされた。しかし表向きは、第一次世界大戦時よりは、「基本的人権、国民主権、三権分立」の考え方が一般に普及してきて、こうした考えを全く無視することは出来ない状況になってきていた。さらに、ロシアには社会主義政権が誕生していたので、弱肉強食（自由競争）の論理だけで―戦争に勝った国々がすべてを自分たちの国に有利な形で―ことを進めることができにくくなってきていた。

しかし、第二次世界大戦まで、第一次世界大戦が起こった後もまた、はっきり言って強い国が、世界を牛耳っていた。強い国は、弱い国を植民地にするのが当たり前だった。建前上、基本的人権を尊重し、民主主義を遵奉するのが、国際社会において当然のこととされる様にはなってはきていた。そうして、次第にそうした考え方が公式の場においては、正しいということになりつつはある。そしてこうした考え方が全世界に広まりつつあった。1960年代にはこうした流れの中で、植民地とされていたアジアやアフリカの諸国が、どんどんと独立を果たすようになった。そしてこうした国々で、社会主義思想も広まっていった。世の中は、イデオロギーの時代になった。資本主義と社会主義が対立するイデオロギーの時代になった。

イデオロギーに基づいて、政治が行われるように変わってきたように見えるが、実際はそうではなかった。先に産業革命を済ませて、裕福になった国々と、それを追いかけているそこそこ豊かな国々と、植民地にされていて貧しい国々、そして、社会主義の国々があった。これらの約四つに分けられた国々が自国を裕福にしようと、互いに競争する国際社会が出来ていた。そして、この国際社会は人類が誕生以来従ってきた原理の弱肉強食（自由競争）のままの社会だった。人類が、自分自身で設定した社会状況ではなく、人類が、ひたむきに生きてきたら出来上がった社会だった。私が、オートマチックな社会といっているそのものだった。しかし、その中に新しい芽が生まれてもいた。

社会がオートマチックに進んできたのと、同様に、人間の存在もまた、オートマチックだった。ここで、人間の存在もまた、オートマチックだったことを確認しておきたい。

書　名			
お買上 書　店	都道　　市区 府県　　郡	書店名	書店
		ご購入日	年　　月　　日

本書をどこでお知りになりましたか?
1.書店店頭　2.知人にすすめられて　3.インターネット(サイト名　　)
4.DMハガキ　5.広告、記事を見て(新聞、雑誌名　　)

上の質問に関連して、ご購入の決め手となったのは?
1.タイトル　2.著者　3.内容　4.カバーデザイン　5.帯
その他ご自由にお書きください。
(　　)

本書についてのご意見、ご感想をお聞かせください。
①内容について

②カバー、タイトル、帯について

弊社Webサイトからもご意見、ご感想をお寄せいただけます。

ご協力ありがとうございました。
※お寄せいただいたご意見、ご感想は新聞広告等で匿名にて使わせていただくことがあります。
※お客様の個人情報は、小社からの連絡のみに使用します。社外に提供することは一切ありません。

■書籍のご注文は、お近くの書店または、ブックサービス(0120-29-9625)、セブンネットショッピング(http://7net.omni7.jp/)にお申し込み下さい。

料金受取人払郵便

新宿局承認

2523

差出有効期間
2025年3月
31日まで
(切手不要)

郵便はがき

160-8791

141

東京都新宿区新宿1－10－1

(株)文芸社

愛読者カード係 行

ふりがな お名前		明治 大正 昭和 平成 年生 歳	
ふりがな ご住所	□□□-□□□□		性別 男・女
お電話 番 号	(書籍ご注文の際に必要です)	ご職業	
E-mail			

ご購読雑誌(複数可)	ご購読新聞 新聞

最近読んでおもしろかった本や今後、とりあげてほしいテーマをお教えください。

ご自分の研究成果や経験、お考え等を出版してみたいというお気持ちはありますか。

ある　　ない　　内容・テーマ(　　　　　　　　　　)

現在完成した作品をお持ちですか。

ある　　ない　　ジャンル・原稿量(　　　　　　　　　　)

2部　これまで人はオートマチックにしか生きてこなかった

1章　これまでは、オートマチックだった

　これまでの社会の中で、人間は、オートマチックでしか生きてゆくことが出来なかった。オートマチックに生きてきたということは、自分の意志とは関係なく、自分自身の必要にせまられて、自分自身の行動をしてきたということです。そもそも、食べて、生きていくので精いっぱいの時には、自分の意志は存在することが出来なかった。今日の食糧を求める。これが第一だった。そんな個人の集まりの社会もまた、当然**オートマチックに進んできていた。**

　社会全体で考えても、飢えからの脱出、生存の確立を求めているときには、社会そのものが、オートマチックだったので、当然個人もオートマチックでしか生きられなかった。

　人は、自分でどう生きるかを　考えることなく、**与えられた環境の中で**、自己の意志でどのような生活をしようと考えることなく、**与えられたものを**選択して生きてきた。そういう生き方を、私はオートマチックに生きてきたとしている。今までは、そうしたオートマチックな生き方しか、人は選ぶことが出来なかった。

原始時代から近世の或る時代までに生きていた人類にとって、「自由」・「権利」・「義務」などといったものを考えることはなかった。考える必要もなかった。そういった言葉自体がなかっただろう。そこでの問題は、今日の食糧だけが問題だった。食糧が満ち足りてきて、初めて「自由」・「権利」・「義務」などが問題になるようになってきた。近世の或る時代からか、「自由」・「権利」・「義務」などが問題になってきた。いつの時代からこうした事をことを考えるようになってきたかを、考えることも必要だろう。しかし、今その時期を特定するつもりはない。ただ食糧が満ち足りてきてから（飢え死にしない程度に）、問題となってきたということを、確認しておきたい。人間にとって問題になることは、その時に置かれている状況によって、問題が変わってきているということだ。「生存」が危うい時は、生存を確かにすることが課題となり、「生存」が確かになってくれば、それ以外のことが問題になってきた。食糧が確保されるようになった後は、それは、自由だ。今私たちは、自由を問題とすることが出来るようになってきたのだ。

私は、今の時代—飢え死にすることがなくなり、一応安全に暮らすことが出来るよう—になって、自分たちの社会を、そして自分たちの生き方を、自分自身で選択して生きることが出来るようになったのではないかと思っている。私たち人類は、**自分達の社会と、自分の人生を自由に選択して生きることのできる人間になった。**

人間の思考は環境をもとにして考える

環境をもとに考えるのだから、環境が変われば、当然、考え方も変わる。そして、思考は、自分の周りの環境にある材料を使って、考えることしかできない。だから、自分の周りにある材料が変われば、自分の考え方も変わる。

そう、私たちは自由な人間になった。自由人になった。自由人であるためには、自分で社会はどうあるべきか、自分はどう生きるべきか、そうした事について、自分なりの考えを持つ必要がある。

自由人であるためには、確立した自己がなくては、自由人であることはできません。確立した自己を作り上げるには時間がかかるでしょう。相当な時間がかかるでしょう。しっかりとした教育が必要な時代になったのです。そういうことが出来る時代になってきているのです。

でも反対に、どう生きるかを考えることはとても難しいことでもあるのです。生きがいを求めて、何をどうすれば良いのか、迷っている人も、決断をすることが出来ない人も、多くいるようになってきています。

今はそういう時代なのです。

すべての人が自由人として生きていけるようにするには、色々と実現しなければならないことがあると思います。その中で、一番重要なことは、十分な教育がなされることが必要です。

教育に関する知見、技術等の進歩は、すべての人に平等に、それを享受できるような体制が必要です。そうした知見、技術等の進歩も素晴らしいものがあります。そうした前提のもとに教育がなされ、自由人を育て、そうした自由人たちによって、運営される社会を創り出せたら、良いと思います。

2章　人は生かされている

私は生まれて、育って、学校へ行って、そして、仕事をして、結婚をして、子供を授かり、一生懸命に生きてきました。この私に自由はあったのでしょうか。自由に生きてきたといえるのでしょうか。私としては、自由に生きてきたと思っています。私は誰からも指図されずに、一応自分の思った通りに生きてきたと思いますが、今考えてみれば、自由に生きてきたとはいえないのです。ＡかＢかの選択は自分でしてきました。しかし、私はどう生きようという意志を持っていませんでした。流されて、生きていたとしか言うことが出来ません。

少し別の観点からも、考えてみたいと思います。

私は呼吸をしています。私は空腹になってきます。これは私が意図しているのでしょうか？　誰が私に呼吸をするように仕向けているのでしょうか。誰が私に空腹になるように仕向けているのでしょうか。

これは、私という構造を持った有機物だからだと、考えています。構造を持つということはその構造に従った性質を持つということです。例えば、陽子がひとつの原子核とひとつの電子で水素の原子が出来ています。そして、出来上がったものは、水素に成ります。決してほかのモノにはなりません。水素の構造を獲得したら、それは水素なのです。決してほかのモノにはならないのです。人間という構造を与えられたら、それは人間なのです。だれが私たちに人間という構造を与えたのでしょうか。それは、宇宙なのです。ビッグバンから始まったその中で、人間も生まれてきたのです。だから、人間を動かしている力は、宇宙を動かしている力と同じなのです。その力が私たち人間を動かしているのです。その力は同時に私たちの周りのすべてを動かしています。その力は私たちを含めて、私たちの周りのすべてを動かし、生かしているのです。その力は、すべてを同じように扱います。万物は平等なのです。万物は、同じものなのです。でも私たちは、人間です。私たちにとって、私たちは、すべてなのです。私たちにとって、私たちは、すべてなので、そこに私たちは価値を見出しています。色即是空、空即是色なのです。

私たちと同様に、この世界のすべてのモノは宇宙を動かす力によって作られ、動かされています。宇宙を動かす力は人間の世界とは全く関係なく物事を進めていくようです。その力を人間の力でどうこうすることは出来ません。人間は、宇宙を動かす力が私たちに与えた枠内で生きていく事しかできないのです。反対にその枠内であれば、自由に生きることが出来るのです。

宇宙を動かす力は、私たちの世界ではどのように現れているでしょうか。私たちの地球上の自然界ではどのような形で現れているでしょうか。それは適者生存です。生物が生きていくときに、その時に一番適していたものが生き残っていく。動物の世界では、強いものが弱いものを食べていく弱肉強食になるでしょう。人間界においてもやはり弱肉強食でした。但し人間界においては、強いということの中に、道具を作ることや、仲間を作るという能力も強いということの中に含まれていました。我々が日常使っている言葉では自由競争という表現をしています。人間は宇宙を動かしてきた力によって生かされてきたのです。そして、それは人間界においては、弱肉強食の競争として現れていました。

これを私はオートマチックに生きてきたと考えています。

人類は、人類の誕生以来、飢えからの解放と安全な生存を求めて生きてきました。これはなかなか実現できませんでした。人類の歴史は、〝飢えからの解放と安全な生存〟を求めて、自然や社会との戦いでした。そして、その時に支配していたのは、優勝劣敗、弱肉強食の論理でした。どういう形であれ、〝**強いものが勝つ社会**〟でした。だから、今まで人類は、オートマチックにしか生きてこなかったと思うのです。でも、今は自由人として生きることが可能になってきたのです。私たちは、今、優勝劣敗、弱肉強食の論理から、離れて生きることが出来るようになったのです。では、何に基づいて生きていくのか、それは私たちで考えなくてはなりませんが……。私たちは、宇宙を動かす力によって生かされているのですが、その生かされている中で、意志を持って生きていくことが出来るようになってきたのですから……。

3章　人は自由人になりつつある

人間は今の状況、今自分自身が置かれた環境そして、今の自分の置かれた時空の中でしか、考えることはできない。これは当たり前のことですね。例えば、今の私の考えは、今私が置かれている経済的状況、生活環境、知的状況、そして年齢的状況の中で、思い、考えていることになる。そういう状況による制約の中で、選択できることは、限られていました。私は高校を卒業して就職をしました。そしてその年に父親を亡くしました。そのとき、妹が二人、まだ学生でした。その中で、選択できることは限られていました。自由ではありませんでした。その時に、自由に生きられれば良かったのですが、それは不可能なことでした。その時私は、まず第一に妹たちを食べさせて、学校を卒業させてやらなくてはなりませんでした。

自由になるためには、生活に追われないことが重要で、生活に追われていないことで、生活の為の時間以外の時間が、必要なのです。普段考えないことを考える時間が必要なのです。その時間が自我を芽生えさせます。自我は自分が何のために生きているのか、社会からの束縛や恩恵をどう考えたら良いのか、どう生きたら良いのか、そうした全てから自由になりたい等を考えます。生活に追われないことで自我と自由に気付くのです。

もう一つ、私には、どんな風に生きていきたいのか、何をしたいのか考えたことがありませんでした。この二つの理由で、私は自由に生きてくることが出来ませんでした。自由に生きるためには、**自分がどのように物事を考え、どうしたいかを持っていなければ、自**

由に生きることはできません。

自由を考えるには、経済的な面で恵まれていることと、そのうえで自立した考え方を持つことが必要です。

こうした事、物事に対する考え方、そして、その考えに基づいて、社会の中で、どうしたいかを持つことは、とても難しいことかもしれません。これは高度な教育を受ける事によってはじめて可能なことなのかもしれません。しかし、こうした考えを必要とする人もいることは確かです。こうした考えを必要としない人もいるかもしれません。こうした考えを必要としない人が、本当にいるのかどうかは、わかりませんが。**私はすべての人が、明確な意識でなくても、〝社会の中で、どうしたいかを〟持っていると考えていますが……。**

今私たちの社会では、〝飢えからの解放と安全の確保〟の二つが、満たされた？　満たされつつあることによって、自我を持つことが出来て、自由を考えることが出来るようになってきました。

今まで私たちは、飢えないために、24時間（起きて活動する時間のすべて）を使っていました。しかし、〝飢えからの解放と安全〟が確保されたとき、今まで起きて活動する時間のすべてを、それらを確保するために使っていました。しかし、そうした時間に余裕が生まれてきました。その余った時間をどう使ったのか。人はその時間を、自由を考えることに使ったのです。そして、人間は何のために生きているのかを考えるようになったのです。

自由を考えるということは、自我を持つということでもあります。自我を持つ事によって、自分は自由だ、自由でないと考えることが出来るようになります。自我を持つということは、同時に今までの家族中心の考え方から、自己中心の考え方に変わっていくということでもあります。これは、現代社会の中で進行中ですね。家族の単位でなら、ヒトは安全を確保しやすくなってきています。現代では、家族のひとりひとりも、個として生きていく事も不可能ではなくなってきています。今社会を維持している単位は家族ですが、個として生きていくことがさらに強化されるなら、ひとりひとりの個人が社会を支える最小の単位となる日が、いつか来るかもしれません。

今は、自由人として生きていく事が可能になりつつある時代なのです。この自由人は、大勢いるのか、少ししかいないのかはわかりませんが、確実に増えていっています。いずれ社会を構成する人々のすべてが、自由人になると思います。

4章　産業革命以後、自由人は増えていっている

自由と自我の概念がいつ生まれてきたか、いろいろな考え方があると思いますが、私は、生存するのがやっとの時代から、少し余裕が出来た時代―飢餓から、飢えない時代―に生まれてきたと考えています。それまでは、「自由」という考え方はなかったのではないかと、考えています。

そうした考え方は、産業革命が起こった後に生まれてきた。すべての人にではなく、余裕が出来てきたこの時代のごく一部のひとが、自由に生きたい。あるいは自由になりたいと考えたのだと思われます。

自由になるためには、経済的に恵まれることが必要なのです。食糧が十分にあることが条件だと思います。食糧の確保に時間を取られないから、時間が出来、その時間に色々なことを考えることが出来るようになり、その色々なことのひとつに、自由と自我を考えることがあったのだと思います。

経済的に恵まれなければ、自由は生まれませんが、同時に高度な教育もなされ、自我が生まれなければ自由について考えることはなかったでしょう。幸いなことに、15世紀に活

版印刷が発明されて、人々は知識に触れやすくなっていました。知識に触れることで、人々は、そこから、産業革命までの３００年の間にだんだんと自我を持つことが出来るようになっていきました。自我を持つ人々が、生まれて、そして、少しずつ増えていってい るときに、産業革命によって、飢えを脱した人々が誕生してきました。そして、彼らが、社会の先端で自由を考え始める時代がやってきたのです。そして、そうした人々が、産業革命以降、どんどん増えていったのです。

自由と自我を考えるということは、自分自身の生き方について考えることであり、社会とは何だろう。どんな社会が自分自身にとって、良いのかについて考えることでもあるのです。一気に、そういうようにはなりませんが、少しずつそうしたことを考える人たちが、増えていくようになってきました。その流れは、現在も続いています。

現在の私たちは、その流れの中にいるのです。自分はどう生きるべきか、社会はどうあるべきかを、考える人々が、多くなってきています。まだ、大勢にはなっていませんが、次第に大きな勢力になっていくのでは、あるいは大きな勢力になっていって欲しいものだと考えています。

知識とその知識に基づく思考について

社会が複雑になるにつれて、その複雑さを表現するためにはたくさんの言葉が必要になり、より精密で、厳密な言葉が必要になっていく。精密で厳密な言葉を使うことは、精密で厳密な論理での思考をするようになってきたということだ。

自我や自由という概念も精密さと厳密さを求められたときに、新たに作られた概念だ。人間の思考もそして、そこで使われる概念もまた社会の発展とともに、発展してきたと考えられる。

勿論、印刷技術の発展が、こうした発展を裏で支えていた。

今私たちは、自由と自我を考えることが出来るようになって、今までの、社会に流される人生から、積極的に、自分で自分の人生を想定して、生きていくことを選択することが出来るのです。今までを、オートマチックな人生とすれば、今私たちは、オートマチックな人生ではなく、自分で自分自身を、規定し、その規定に基づいて生きることができるようになったのです。そして同時に、自分達にとって都合の良い社会をつくることが出来るような時代になってきているのです。そして、それが、今そこに来ているのです。

5章　文明の発達は、新たな段階に

文明の発達―科学技術の発達によって、人類は新たな段階に達している。その一方で、昔から変わらない生物としての人間として、規定される限界もある。

科学技術の発達と人間自身の生物としての限界を乗り越えていく事が今、課題とされている。

飢えから、解放され、自我を持ち、自由を考える人々が増えてきている。自由を考えるということは、自分自身が、どう生きていくかということであり、自分の生きていく社会が、その為には、どのようなものでなければならないかを考えるということでもある。

私たちの文明は今、様々な問題を抱えています。環境汚染、人口の爆発的増加、気候変動、貧富の差の拡大など。そして、そうした中で、私たちは争いをしています。しかも、武器を持って、殺し合っている人々もいます。どれもこれもとても大きな、そして大事な問題です。どれもこれも、簡単には解決することが出来ない問題です。問題は確かにいっぱいあります。しかし、考えてみると私たちの文明は、私たちにとって、好ましい面もまたくさんあるのではないでしょうか。良い面もあれば、悪い面もあります。悪い面は、減らしていくように、良い面は、増やしていくように持っていこうとすることが、今必要なのではないでしょうか。

文明の発達が、私たち人類を〝飢えから解放し、安全を確保〟してくれました。さらに、文明の発達は、私たちに知識を与え、その知識は私たちに知能を与えました。結果として、人は自由を求めるようになり、そうした**自由を保障する社会を必要とするようになりました。**これは良いことなのです。これを伸ばしていくようにすればいいのではないでしょうか。

人類の文明は、加速度を付けて発達していっています。加速度を付けて発達している文明は、私たち自身をどこへ連れて行こうとしているのか、私たちにどうしろといっているのか、想像がつかない世界に連れて行きそうな予感も抱かせています。しかし、私たちは自分と社会をコントロールするためのルールを作り出すことで、私たち自身と文明をも、コントロールすることが出来るようにしなければなりません。コントロールすることによって、私たちの誰もが幸せになれる社会を創ることも出来るし、反対に、今の私たちの争いをコントロールできなければ、私たちの前には悲しい未来しか見えてこないでしょう。私たち人類は、私たち人類を何度も全滅させる武器を世界のいくつかの国々が持っているのですから……。

現代の科学技術の発達は凄い

１９０３年にライト兄弟が初めて飛行機を発明し、空を飛びました。それから、たったの１００年で、人類は月へ行くこともできる様になり、火星や木星、土星にまで探査機を飛ばすことが出来るようになりました。あと１００年経ったら、人類はどこまで行っているでしょうか。

19世紀に、パンチ式の計算機が出来て、ついでノイマン式のコンピュータが出来た。そして、現在は〝ＡＩ〟（人工知能）にまで発展し、近い将来には何から何まで人工知能によって、操作されるようになるだろうといわれている。あと１００年経ったら、どんな社会になっているか想像もつかなく、なっている。

医学の進歩も、もの凄い

中世にペストの大流行によって、ヨーロッパは人口の3分の1もの人の命を失った。こうした感染症も、顕微鏡の発明により、微生物の世界を知るようになり、病原菌を特定することが出来るようになり、現在では、ほとんどの感染症に対して治療法が確立され、感染症に人類が悩まされることはなくなりつつある。しかし今、コロナという感染症に悩まされているが……。

生命そのものを操作することができるようになるかもしれません。

遺伝子操作によって、新たな生物を創り出す能力を、私たちは持とうとしている。遺伝子操作は、人類に有用な動植物を作るだけでなく、人類自身を欠陥のない、より能力の高い動物に変えていく事も可能になりつつある。ひょっとして、どこかの国で密かに行われている可能性すらありそうです。こうした知識が、ひそかにどこかで使われたらどんな人間が生まれ、私たちはどのように扱われるでしょうか。

脳の使い方　➡①脳の構造など
②大脳の生理学
③脳の癖

心の使い方　➡①物事の考え方
②心理学的傾向

身体の使い方➡①筋肉の作り方
②身体の作り方

・・・・

③構造による使い方等

人間に対する知識も同様に発達している

遺伝子を操作することなく、人間の身体に対する知識、人間の脳に対する知識、人間の心に対する知識、人間の身体と心の間の関連する知識、こうした知識の発達も、もの凄い。人間の身体の使い方、人間の脳の使い方、人間の心の使い方、これらの知識を使って、SF小説のように、他の人間を支配、操作することが可能になりつつある。そこまでいかなくても、こうした知識を使って、自分の子供たちを優れた知能、優れた運動能力を持つように育てることができる様になってきている。

さらに、遺伝子を操作して、知能や運動能力の高い子供たちを、意図的に生み出すことが出来るようになりつつある。恐ろしいことだけれども……。

知能の高い子供たちについては、具体的にどうこうは言えないが、スポーツの分野などでは、現実にこうした事は、ごく自然に、当然のこととして行われている。早期トレーニングを積んできた子供たちが、それぞれの分野で頭角を現してきている。一流の選手になるためには、幼い子供のころからトレーニングを始めることが当然だということになっている。これはスポーツ界では常識となっている。そしてまた、同様に、知能の面であっても、こうした早期トレーニングの結果、優秀に育った人々が、スポーツ界と同様にたくさんいるはずだと思っているが、どれだけの人々がこうした知識を使って子供たちを育てたかはわからない。しかし、そうした人々がいるのは間違いのないことだ。ほうっておけばどのような事態が発生するか、優秀な人類と、普通の人類がこの世界で共存することができるのだろうか。

ちょっと、こうした事について意見を言っておきたい。こうした方法を使って成長した子供たちと、富の偏在も問題だが、こうした方法を知らない人たちが多くいることも、これもとても大きな問題だ。新しく社会に参加しようとする人たちの間に、差があるようにしてはいけない。だから、子供たちの教育は社会がするようにしなければならない。こうした知識を利用して成長した子供たちが存在する社会をつくってはいけない。すべての子供たちが、こうして育てられるのなら、反対はしないが……。

乳幼児の時からの教育を、社会がしっかりとするような仕組みが必要だ。

子供の育て方については

グレン・ドーマンの方法

フラッシュカード等

ドッツカード

鈴木鎮一
　母国語教育法―習熟トレーニング
石井勲
　漢字学習法―漢字カード
モンテッソーリ法等
・・・・

子供の教育は乳幼児の時から始めなければならない。そうして、こうした知識を平等に、すべての子供たちが享受できる体制をつくらなければならない。私は、乳幼児から義務教育が必要だと考えています。

こうした状況の中で、私たちは自由になることが出来、自分でどのように生きるかを選択できるようになってきました。これまでの私たちには、飢餓の問題、生存の安全の問題が最重点でした。そしてそれを実現することが、私たちにとって〝幸せ〟でした。

オートマチックな時代には、私たちにとっては幸せとは、〝飢餓と安全の確保〟が〝幸せ〟だったのですが、私たちにとって、〝飢餓と安全の確保〟が当然のこととなった今、私たちの幸せは何なんでしょう。

文明の発達は、私たちを〝幸せ〟にしてきたのでしょうか

科学技術の発達は、人類の社会を、幸福にしたかどうかについては何とも言えません。しかし、人類に、飢えをなくし、安全をもたらしたのは事実です。これは大きく評価してよいと思います。これは間違いなく、人類にとって良いことだったと思います。

しかし、こうした事が人類にとって幸せであったということもできません。人類は、飢えと安全が保障されていなかったので、飢えと安全が保障されていない時には、人類とって、〝幸せ〟は、〝飢えと安全が保障される〟ことでした。しかし、〝飢えと安全が保障された〟からといって、人類は幸せにはなりませんでした。

私たちの先祖は、飢えと安全の確保のために、集団で生きることを選択しました。集団で生きることを選択した結果、人は集団内での生活で色々と悩むことになりました。人と人との関係、人と組織との関係等で悩むことになりました。

現代の科学技術は、人類を飢えから解放しました。しかし、人類は幸せにはなっていません。それは、「**人間は常に、今自分が置かれている状況の中で考える生き物**」だからなのです。

こうした状況は、人類の歴史が始まってから、全く変わっていないようです。2000年以上前の、釈迦やキリスト、孔子、マホメット等の教えが、今も有効なのは、その時の

人間と今の人間が全く変わっていないからです。人間は、人と人との関係、人と組織との関係等に悩んできたからです。

　自己の生命の価値、他人の生命の価値、人間と人間との関係、人はどう生きるべきなのかということについては、２０００年前の人とほぼ同じように悩んでいるのです。〝飢えと安全〟が保障されていない時は、それらが満たされることが最大の課題でした。ですから、これらを満たすことが〝幸せ〟でした。**飢えと安全**を満たすことが出来るようになって、今自分たちが持っていないものを探しました。必死に探しました。そうすると、それは、〝自由な行動〟でした。その自由な行動は、強制されないで生きるということも含むものでした。〝自由な行動〟という観点からみると、世の中には、いろいろな不自由がいっぱいありました。個人の生き方、社会のなかでの個人と社会の関係の中に、不自由がいっぱいありました。そこで、人類は、自由について考えるようになり、国について考えるようになりました。そうした中で、〝市民革命〟が起こりました。そしてその革命は今も完成されていません。〝自由〟が次の課題であるのは間違いないのですが、自由とは非常に抽象的なものなので、一般の我々にとって、様々な自由があり、抽象的には〝自由〟でまとめることが出来ても、すべての人々に共通な自由は、今のところ存在していないように思えます。すべての人に共通な自由を考えるとき、そのすべての人が、同じ立場に立って、初めて共通な自由を考えることが出来ると思います。置かれた状況が同じにならなくては、共通な自由を考える事は難しいでしょう。一度に答えを求めることは難しいのですが、少しずつ答えに近づくことは出来ると思います。抽象的なモノを考えずに、具体的なモノを考えていくようにすれば、手掛かりになるのでは……。その手掛かりは、何が人類にとって幸せかを考えることです。

何が人類にとって、〝幸せ〟かを考えなくてはなりません。そして、何が私という個人にとって、〝幸せ〟か。この二つの立場から考えた〝幸せ〟が一致したモノが、それが人類にとっての〝幸せ〟なのです。

何が人類にとって〝幸せ〟かを、人類みんなで考えることが出来る時代になったのです。そして、人類みんなで、見つけた〝幸せ〟を実現させるべく、行動していく事もまた人類はできるようになったのです。オートマチックな進歩から、自分達で探し求めた理想を目指すことが出来るようになったのです。

〝幸せ〟は難しい言葉です。これを、モノと考えると、人間には永遠に〝幸せ〟にはなることが出来ません。なぜなら、人間の思考は、今を中心に考えることしかできません。現在の自分の置かれている状況からでしか、考えることが出来ません。私はあなたではありません。ですから、あなたの立場で考えることはできません。私の周りを見渡して、私の周りにないモノを探す事しかできません。そしてそこで、〝幸せ〟を探せば、今の自分にないものを探すでしょう。そうすると、そのないものを探せば〝幸せ〟になれます。そして、それを見つければ〝幸せ〟になれるでしょう。でも、ちょっと待ってください。人は現在の自分の置かれている状況の中で、ないものを探すのですから、見つけた後は、そこで再びないものを探そうとするでしょう。そうすれば、キリがありません。人が、自分の置かれている状況から、〝幸せ〟という、いま持っていないものをさがしているなら、いつまでたっても、〝幸せ〟は見つけることが出来ません。

そして、私はあなたではありません。あなたはあなたの幸せを探します。それは当然、同じものではありません。この調整はどうすればよいのでしょうか。個人として幸せを考えると、幸せは、人間の数だけの幸せがあるような気がします。

この事を認識したうえで、幸せを探すことが必要なのです。

こうした事は、過去の偉大な宗教人が説いた教えの中に、ヒントがあるのかもしれません。ヒトが社会の中で暮らし始めたときから、ヒトはその社会の中で〝幸せ〟を求めて来ました。その時の幸せと、今私たちが求める幸せは違うかもしれませんが、参考になるかもしれません。

これまでの人類にとって、これから先の時代は、未知の、今までとは全く違う時代に突入することになりました。

自己規定

人間の欲望は相対的なものだから、モノを目標とした場合、キリがない。

人間は自由だから、自分の生き方を、自分で決めれば、良い。自己規定し、その自己規定に基づいて、生きるようにすれば、良いのではないか。その規定にどれだけ近づけたかを、自己採点すれば良いのではないか。

社会についても、規定し、それに基づいて、どれだけ近づくことが出来たかを、判定すれば良いのではないか。


世界はどういう理由で出来ているのか。

世界は人間のためにできているのか。


世界は世界であって、何のためにできているのかという疑問は、人間の側の勝手な疑問であって、世界には関係がないのではないだろうか。

宇宙は宇宙であって、人間とは関係なく存在しているモノなのではないだろうか。

そもそも、宇宙という言葉も、勝手に人間が名付けたものだ。勝手に名付けたもので、宇宙はどうだこうだといっているのは、人間で、宇宙は何も言っていない。

ここで、私は仏教の「色即是空、空即是色」の言葉を思う。我々は、宇宙の特別な存在ではないのだ。宇宙のごく一部の存在なのだ。しかし、ごく一部の存在なのだが、我々にとっては、それがすべてなのだ。宇宙にとって、我々はあってもなくても良いものなのだ。

6章　人はひとりではなく、集団を組んで、集団の中で生きてきた

権限移譲社会では個人は自分の一部と、他人の一部とが、関係する関係しか結べない。全人的な関係を結ぶことは出来なくなっている。一方全人的関係にも憧れている。
権限移譲社会の分業化と組織化は人々を孤独にしている➡SNSの流行はその反映である。

これまでのところ、人間はひとりで生きていく事を選ばず、集団で生きることを選んで、その集団の中で生きてきた。人が集団の中で生きることを選んだ時、選んだ結果、人はその集団の中に自己の存在を預け、同時にその集団から、存在を認めてもらうことで、自己の存在を確かなものとするようになった。集団の中で暮らすということは、その集団内に自己の存在する場所を確保することで、もし自己の存在する場所を確保できなければ、集団は受け入れてくれないということになる。

集団の中で生きるということは、集団に属し、属した集団の中で、生きていく為にはその集団内の慣習、倫理に同調することが必要だ。その集団内にある慣習、倫理と自分自身の習慣と倫理が同じものでないと、そこで生活していく事は出来ない。

集団で生きるということを、人類は選んだのだが、人が属する集団はひとつだけではなかった。初めは、一つか二つだったろう。しかし、社会が複雑になるにつれて、たくさんの集団が作られていったのに合わせて、人が所属する集団も多くなっていった。例えば現在の社会では、家族、そして姻戚関係による集団、年齢によるもの、学校によるもの（小、中、高、大学など）、会社によるもの（所属する会社、その中の部署、同期、あるいは先輩、後輩等）、そして地域によるもの（国、都道府県、市町村など）等々。さまざまな集団、組織がある。

人はそれぞれの生育段階というか、人生のある段階において、自分の身の回りにある様々な集団、組織があることに気づく。そして、それは必ず入らなければならないものから、単に通過するだけのもの等、さまざまなものがある。人は自分の周りの集団、組織を、自分自身の必要に合わせて、集団、組織を選び、その集団、組織のメンバーになっていく。人は自分の成長に合わせて、あるいは自分の都合に合わせて、そうした集団や組織に入り、そして、積極的な構成員として、あるいは名前だけの構成員として、あるいは、ある時期だけ入ったり、ずっと関わったりしていく。

人はこのように組織と関わってきた。そして、人は関わってきた組織の一部として、そこで要求される機能を果たしてきた。機能を果たすから、人は組織に必要とされていた。たくさんの組織に加わっているということは、人は加わった組織でそこで必要とされる機能を果たす事が求められた。組織は、人を機能としてしか見ていない。組織は、人を全体として必要としているのではなく、機能としてしかみていない。ここに、人間の悩みが生まれた。全体としての存在の人間が、機能としてしか扱われない。こうした悩みを抱えた人間同士が、組織の中で一緒に活動をするのが、組織という集団だった。こうした悩みは、自分の力だけではどうすることも出来ない。

こうした事のために、人々は宗教を必要としていた。これからも必要とするかもしれない。

あるいは、共通の社会観・世界観・人生観を創り出さなければならないのかもしれない。

人はその集団の中に自分自身の居場所を見つけなければならい。自分の居場所で、かつ社会からもそれを認めてもらわなければならない。そして、その居場所の中で、いろいろと悩んだり、その居場所を確保するために他の人と、競争しなければならない。

こうした事を考えると、私たちの文明は発達したが、人間の社会は少しも変わっていない。２５００年前、２０００年前と比べてみて下さい。私たちは変わっていません。人間は、自然の中でではなく、ずっと人間たちの中で暮らしてきた。もちろん自然とのかかわりもあった。しかし、人間たちの中で暮らしてきたのであり、彼らの悩みは、人と人との関係、人と組織との関係だった。

人は集団の中で生きていくので、人と人の関係がスムーズで、ぎくしゃくしない、心地よく言えば、愛が感じられる関係にありたいと考えてきた。人と人との関係で、自分の存在が意味のある事、自分が生きていることに、意味を見出したい。生きていることを認めてもらいたい。

そうしたことを、意識する、意識しないにかかわらず、人類はずっと、そう思って生きていた。

だから、２５００年前頃の仏教、２０００年前頃のキリスト教、１５００年前頃のイスラム教が現在もなお通用しているのだと思う。宗教はそうしたモノに対する一つの〝答え〟だから……。

こうした状況はこれからも変わらないだろう。人間が集団で生活していく為には、集団で生きていく知恵というか、集団で生きていく手段、方法がなければ、全世界の人間は安心して生きていけなくなるだろう。こうした状況に対して、今の宗教が力を持つか、それとも新しい考え方が必要で、そうした考えが方が、これから生まれてくるのか。未来の私たちの子孫の誰かが、考え出してくれるのか。わからない。しかし、これは必要なことだ。

人は集団で生活してきた。集団をつくることで、自然と対峙し、分業をすることで、効率を高めてきた。これは同時に、自己をそうした集団や組織の一部分とすることでもあった。本来、人間は一個の全体として存在するモノであるので、自己を集団や組織の一部分とすることは、全体としての自己を分割することになってしまう。

ここに、人間にとって大きな問題が起きる。全体として評価してもらいたいのに、組織の中で果たしている役割でしか評価されないということになる。

全体としての評価が、その人間にとっての存在価値になる。ここにパラドックスが起きる。全体として評価されたいのに、部分としてしか評価されないという……。

この様な仕組みの社会を、私は権限移譲社会と名付けている。

7章　人は目の前の材料を使ってしか考えられない

人間は、人として存在している。そして、人として存在しているから、人が人であることによる限界がある。

それは、〝人は目の前にある事実、事象を使ってしか、考えることは出来ない〟ということだ。

〝目の前にある事実、事象〟とは、今いる場所、今いる時間に限定される事実、事象を使ってしか、考えることが出来ないということだ。どういうことかというと、人が考えるとき、人は自分の持っている材料を使ってしか考えることは出来ないということだ。決して他の人の立場や、他の時代の人の立場で考えることは出来ないということだ。

そしてその時の判断の基準になるのは、自己の価値判断だ。自己の価値判断のもとになるのは、自分にとって都合が良いかどうかだ。これは致し方がないことでもあるが、個人を基準にした価値判断が、すべての人にとって、受け入れることが出来るものになることはないだろう。**個人を基準にしてなされた判断は、すべての人にとって正しい価値判断であることは不可能だろう。**

自分の持っている材料

自分の経験してきた事柄をもとに考える。

自分の知っていることを中心に考える。

自分の経験と自分の知識以外を使って考えることは出来ない。

どの人間も目の前にあることから考える。だから、人間はたとえ他人のことを考えても、自己中心的にしか考えることが出来ない。そして、人間は組織の中で生きている。だから、その組織の中に自己の位置を確保されることを望み、その位置にいることを、自己の存在証明としている。この二つを満たすには、何が必要だろうか。

人は目の前の事しか考えられない。ということは、目の前にないことは考えることが出来ないということだ。人の思考は、現在の状況を離れては、思考を進めることが出来ないということだ。**常に、状況、環境が変われば、それに応じて、人の思考もまた、変わっていくということだ。**だから、①「**状況、環境が変われば**」人々の思考が変わるのが当たり前という社会通念が、確立していなくてはならない。そういう前提で他の人の考えを、理解しなくてはならない。もう一つ、目の前の事しか考えられないということは、自分中心でしか考えることが出来ないということだ。だから、②「**利己的であるということ**」を互いに認識したうえで話し合うことが、重要だということだ。③**人は自分の属している組織、集団の枠の中で考えてしまう。**その人の属している組織や集団の立場をもとに、考えているということも、念頭に置いておかなければならない。①〜③をみたしたうえで行われる価値判断は、どんな風にして行うのが良いのだろうか。

価値判断は個人的なものになるが、出来るだけすべての人に共通するような価値判断をしたい。そういう判断をするためには、どうすればよいだろうか。

すべての人類にとって共通な立場が必要だ。そのすべての人類に共通な立場を創造することが出来れば、共通な見解に達することが出来るだろう。人類のすべてに共通な立場を見つけ出すことが出来れば良いのだ。

8章　目の前の事、そして今の事、自分の事しか考えられない人類が、未来を考えるのに必要なこと

自己中心的である人間、そして組織を必要とし、その組織の中で自己の確実な存在を求める人間。

こうした要素を抱えた人間は、こうした答えを宗教の中に求めてきた。人間の本質に根差した欲求に、過去宗教は応えようとしてきた。しかし、宗教が本当にこうした事に応えてきたのかどうかは怪しい。最初は応えようとしていただろう。とくに宗教の成立期においては応えようとしていただろう。教団となってからは、こうした事に別の解答をするようになっていった。しかし、曲がりなりにも一応の答えを我々に与えていたと考えられる。宗教はこの先もこうした要求に一応、応えることが出来るのだろうか。

こうした疑問に対して、ニーチェは「神は死んだ」と言った。本当に死んでしまったの

かどうかは、わからない。しかし、今私たち人類は、その答えを求めている。キリスト教、イスラム教、仏教、ヒンズー教、儒教等が、これからの人類を、今までと同じように導いていくことが出来るかどうか全く分からない。

しかし、今求められていることは、今地球上の人類のすべてを一つにまとめることが出来る宗教というか、人類のすべてを一つにすることが出来る考え方なのだ。人類のすべてが、納得できる考え方が必要なのだ。

対立をなくすためには、すべての人類が共通の立場に立つこと、そして、すべての人類が共通の利害を持つ立場に立つことが出来ればいいのだ。

その立場とは、生物としての人間という立場で、社会を作る生物という立場で、地球という惑星に人類という同じ一つの種として存在している立場だ。

これまでの私たちの社会は、オートマチックに進んできた社会だった。同様に、私たち自身も、オートマチックに生かされてきた。自然というか、環境というか、そうしたものが、私たちの生活のすべてに影響を与え、その影響に対して、私たちは、その環境に対して働きかけることによって、自分達の生活を、社会を営んできた。こうした状況から、**私たちは地球という惑星に住んでいる人類という生物であり、そして、その生物は、目の前の事、そして今の事、自分の事しか考えられない生き物であるということ。**

この事を、認識したうえで、生きていかなくてはならない。

そして、この立場から帰結される人類の共通した価値観によって導かれる人生観、社会観、世界観が必要だ。それは、人々の生活を縛るものではなく、人々の生きていく上での共通の認識というレベルのモノであればよい。決して生活を、日常生活を強制するモノであってはならない。人々は、自由でなければならないのだから……。

オートマチックから、自己で選択した未来を、築くことのできる時代となりつつある。実際に築いていくことができるようになった。そして、私たちは、人類の栄光の未来を築いていかなくてはならない

人間は、天使にも、悪魔にもなれる存在だ。それは、人間はどのような生き方をしても良いということだ。どのような生き方をするか、以前は、自身の生存のために生きなければならなかった。しかし、今生存が保障される時代になった。そして、自我を獲得し、自由を求めるようになった。自由があることで、人々はどのように生きればよいのかを迷う時代に入っている。

人間は自身の存在を確実にすること、自身の存在を社会の中で確実にするために、人間は自己規定して、その自己規定によって、生きていき、自分で納得する。これで良いのだ……、と。

なぜなら他の人も、誰も〝それでいい〟という権限を持っていないから……。それは、自分自身が、自分で決めた自分を、自分で決めた自分と比べて、評価することだから……。

9章　未来を考え、築くための手がかり

人は、ひとりで生きているのではなく、社会を作り、社会の中で生きているのです。ですから、社会との共同作業が必要です。もし、私が日本人であることに固執する立場で物事を考えて、そして他の人々も、それぞれの国の代表としての立場を離れることなしに、話し合いをしても、何のまとまりも生み出せないでしょう。話し合うためには共通の立場が必要なのです。私にもあなたにも同じ立場に立つ必要があるのです。同じ立場に立つことで、解決策を見つけることが出来るのです。

同じ立場に立つことが出来るのはどういう時なのでしょうか。

生物の中の一つの種としての人間という立場、社会を作る生物という立場、地球という

惑星に人類という同じ一つの種として存在しているという立場、これなら良いのではないでしょうか。

これは、すなわち平等で、自由であるということでもある。そして、私たちのつくる組織が、私たちの平等と、自由であることを、当然とする組織であること。また、組織が、私たちの、平等と自由を保障するような組織であり続ける倫理が、社会の通念になっていることが必要だ。

今は、そうした通念を生み出す考え方が、世界中に広がること、広げることが一番大事だと思う。

一度にすべてはできないし、もともと人間には一度にすべてを処理する能力もない。とりあえず、組織が、私たちの、平等と自由を保障するような組織であり続ける倫理を確立し、社会の通念になるようにしていかなければならない。これが確立しそうになってくると、次に成し遂げなければならないことが、明確になってくるだろう。人間は現時点でしか、モノを考えることが出来ないのだから。成し遂げられた時点では、その時点に立って考えることになる。だから、新たな考えが出来ることになるだろう。もちろん、現時点で、並行してできることは、並行しておこなっていけば良いだろう。

そうした立場に立った時、ヒトは共通の価値判断の基準を持つことが必要になるだろう。ヒトは共通の価値判断の基準を持たなければならない。それは、強制されるものではなく、その共通の価値判断のために、ヒトは強制されることなく、自由に行動し、自由に発言できることを、同時に保障されなければならない。

それは共通の認識だ。世界とはどういうものであるという考え方、いわゆる**世界観**であり、社会とはどういうものであるという考え方、いわゆる**社会観**であり、それらに基づいての**人生観**でなければならない。共通の世界観、社会観、人生観は全く同じでなくてはいけないということではないが、ほぼ同じであることが必要だと思う。社会に対する共通の認識が必要なのだ。

共通の認識を持つ世界観

世界は物質で出来ている。その根本の物質は素粒子であるらしい。しかし、まだまだ素粒子の世界は解っていないことが多くある。そこで、原子の世界で考えてみる。

この世のすべての物質は原子によってできている。原子は原子核と電子で構成されている。原子は、陽子と中性子が集まってできている。水素は、一つの陽子と、一つの電子で出来ている。このように、物質は原子核内の陽子と中性子の数の組み合わせで出来ている。違う物質は、陽子の数や中性子の数がちがっているだけなのだ。物質の陽子や中性子の数が違えば、それに合わせて電子の数も違ってきているが……。物質は同じ材料で出来ている。ところが、物質はそれぞれの性質を示している。これは組み合わせが違うからだ。組み合わせが違うことによって、それぞれの構造が変わる。構造が変わることによって、それぞれの性質も変わるのだ。物質の構造が、物質の性質を決めているのだ。構造が決定されれば、物質の性質も決定される。世界のすべての物質はこうして出来ていて、性質も違うようになっている。世界はこうしたモノで構成されていて、さらにこうしたモノ同士が、結合したり、混じり合ったりして出来ているのだ。そして、これらのモノ同士は互いに影響し合っていて、これらのモノは、ずっと安定してあるのではなく、与えられた場所や環境の中で、より安定した状態になるように、変化しようとしている。

さらに、この原子の世界は安定したモノではなく、原子同士が反応することによって、新たなモノを創り出している。そして、その新たなものと原子と、新たなモノ同士が反応することによって、さらに新しい別のモノが出来ていっている。世の中はこうした原子同士の様々なつながりによって、様々な無機物が生まれ、様々な無機物が寄って集まって、有機物が生まれてきた。様々な有機物が集まって、出来上がったものの中に、生命もある。我々もまたその生命の中の一部分としてこの地球に生きている。この地球という星の中で存在している物質の創り出したもののひとつとして、我々は存在している。

人間は特別な存在ではないという認識、しかしそれが人間であるということ。特別な存在ではないのだが、喜怒哀楽を感じて生きている存在であるという事。

仏教でいう〝色即是空、空即是色〟の考え方。私という個人は、特別な存在ではないのだけれど、私にとってはとても愛おしい存在であり、そうした個人が集まって作られている世界という感覚。こうした感覚を持っていることが、共通の世界観ということになるのだろう。


こうしたモノ同士は、互いに影響し合っている。これらのひとつのモノのすべては、それを囲むすべてのモノと関係を持っている。それは、互いに影響し合っているということだ。隣のモノに影響を与える。そうするとその隣のモノは、影響を受ける。影響を受けることによって、自己が変わる。その変わったことが、そのモノの周りのすべてのモノに、影響を与える。その影響を受けたものが、同じように、また自身の周りのすべてに、自己の変化を伝えていく。

一つの変化が、周りのすべてに伝えられ、伝えられたすべてのモノが、また自己の周りのすべてにその変化を伝えていく。……。これが無限に起こっている。私はこのことを、宇宙の「ビッグバン」のイメージを連想しながら書いている。わかりにくいことだと思うので、出来れば「ビッグバン」のイメージを私と同じように連想してこのあたりの文章を読んで欲しい。

日常のこまごまとしたすべての変化は、隣り合うすべてのモノに伝えられていく。伝えられた変化は、またそれを、隣り合うすべてのモノに伝えられていく。この世界のすべては、こういう形で相互に関連している。

自分ひとりが、ひとりで自分の考えで生きているのではなく、大勢の人々と一緒に生きていて、助けたり、助けられたりして、そして、他の人や周りに、影響され、影響を与え合って生きていると考えるのが、共通の世界観になる。

横の繋がり―地縁的、血縁的な繋がり

縦の繋がり―組織等との繋がり

人は縦と横のつながりの交点で生きている。この事に関してはこれからも全く変わらないと思う。そして、その縦の繋がりであっても、横の繋がりであっても、人が直面するのは他の人との関係だった。これからも、人と人の関係が、人にとって最大の問題になるし、過去に問題となってきた。そこに宗教が生まれた。

社会の構成の最小単位は、家族だった。縦と横の繋がりを支えていたのは家族だった。しかし、今、家族から個人になりつつあるように見える。

共通の認識を持つ社会観

人はひとりで生きていく事よりも、集団で生きていく事を選んだ。結果、集団で生きていく為には色々な面倒なことが起こるので、そこで生き抜くための色々なことを工夫した。

色々なことのまず第一は、横のつながりの中でうまく生きていかなければならないことだった。横のつながりの中では、対家族関係、そして身の回りの地縁の関係、それから他人との関係。

社会が貧しかったときは、家族関係はその貧しさに耐えるために一つにまとまり、家族全員で生きていく為に必要なモノだった。社会が貧しかったので、まとまらなくては生きていけなかった。まとまっていても、家族が生きていくのは大変だった。

次に縦の関係。人は仕事をして社会と関わらなくてはならなかった。そこでは、上下の関係があった。その上下の関係の中で、うまく生きていかなければならなかった。先輩と後輩の関係、上役と下役。

そして、男女の関係も横の関係の中で、また縦の関係の中で、生まれたりした。

こうした状況の中で生きていくのに、何もなしで生きていくのは大変だった。そこで、慣習や倫理、道徳が必要になり、そして発明された。集団生活を円滑に行うためには、個人の勝手を防ぐために、道徳や倫理が必要になる。個人の勝手を許さないために、ある意味強い強制力のあるルールが必要だった。例えば、村八分のような……。しかし、昔あった村八分は絶対に必要なモノではない。ここで言いたいのは単に、強力なルールが必要ということだ。同時に自分が快適に暮らすためには他の人も同時に快適でなければならない。

そうすることで、お互いの生活が快適になる。このためには、お互いに多少のことは我慢しなければならない。だからこそ、道徳や倫理が必要なのだ。

しかし、こうした道徳、倫理があってもなお人が社会で生きていくときの悩みは、〝人間関係〟だった。

それでもまだ、人々は不安だった。その不安を埋めるべく、宗教が必要とされた。世界は、宗教を求めた。どう生きればよいかという不安に対して、社会の慣習、道徳よりも少し強い倫理を、我々に示した。それは法律よりも厳しいものではなかった。

最初、こうした事のために成立した宗教だったが、宗教が成長し大きな組織になってくると、最初の目標とした組織ではなく、別のものになっていった。教団は人々の救済を目標とする理念を第一にすることを止め、第二、第三にしてしまい、その第一にすることを、教団組織を維持し、教団組織を大きく、力あるものとするように変わっていった。組織等というものは、一度組織が出来るとその組織は、組織自体の論理を持つようになり、もとの設立の理念とは別の論理で動くようになる。民衆のために設立されたものが、いつの間にか民衆を支配しようとするようになっていく。今までの歴史では、そうなってきた。何もしなければそうなってしまうだろう。そうならないような組織にする仕組みを考えださなければならない。そして、そうなったときには、速やかにその組織を解散させることが出来るような仕組みもまた必要だ。それが新しい宗教か、新しい倫理かはわからないが、必要だ。

さらに、こうした認識のほかに、社会がどのように動いているのかという問題がある。人と人は道徳や倫理・慣習そして宗教に基づいて付き合っている。しかし、社会を動かしている論理は〝**弱肉強食**〟、〝**自由競争**〟だ。強いものが勝つ。社会はその論理が支配している。決して正義ではない。倫理や道徳、宗教に真っ向から反しなければ、強者は自由に勝つことが出来る。

社会はその様な強者と、普通の人とが共に共通の社会の道徳や倫理・慣習を守って、生きている場だ。これらがバラバラでは、一つの社会は生まれないと思う。これからも、弱肉強食で良いのか、修正が必要なのか、新しいルールを作り出さなければならないのか。考えなければならない。今の私は修正で良いと考えている。弱肉強食をもう少し優しい感じの言葉に変えたい。強い人がリーダーになることは必要だから。しかし、その人の子供たちが、その跡を継ぐのはだめだ。**絶対にダメだ**。権力は、その人に託されたのであって、その子供たちではない。ただこの強い人には、力や財力の強い人ではなく、公正な判断をして、公正に組織を運営できる人に、リーダーになって欲しい。そういう人がリーダーとなる社会が良い。そういう人がリーダーになっていくような社会、そしてそのリーダーの社会観、世界観、人生観は我々と同じであることが必要だ。

しかし、そのリーダーがいつまでも、〝公正な判断をして、公正に組織を運営できる人〟であれば、良いが、途中で変質してしまったときは、速やかに退場してもらうことが出来なければならない。

共通の認識を持つ人間観（人生観）

社会の中で暮らすすべての人が、仲良く暮らすためには共通の認識を持っていることが必要だ。共通の認識があることによって、共通の立場が生まれる。共通の立場がなければ、共同生活はうまくいかない。

共通の認識の世界観、社会観があって初めて、共同の生活が巧く回る。そして、その様な社会にあって、生きていくには自分が思い通りに生きていけることが必須の条件になる。自分が思い通りに生きていけるのと同時に、他の人もそうでなければならない。ということは、すべての人が、自分の思い通りに生きていくことが出来る社会でなければならないということだ。そのためには辛抱しなければならないことが当然たくさんあるだろう。辛抱しなければならないことが、たくさんあることも意識しておかなくてはならない。

こうした社会にあっては、今までの社会では弱肉強食（自由競争）の原理で回っていたのを、リーダーになるべき人がリーダーになるように変えなければならない。そうして創り出したシステム、構造の中で私たちは、自由に生きていきたい。

共通の認識の世界観、共通の認識の社会観、そして、そうした認識を持って個人は生きていきます。その時個人は共通の認識のもとに、人間観（人生観）を持ち、それに基づいて生きていきます。共通の認識は、法律の条文のように一言一句ガチッとしたものではない。単なる共通の認識なのだ。大体の方向性といったものだ。そして、社会を構成するすべての人から100％の支持を受けるものでなくてはならないとは考えていません。しかし、半数以上の人が認めることは必要です。

そして、この共通の認識は、共通の理念と言い換えても良いものなのです。

共通の理念として考えると、次のようになります。

理念

①我々は地球人として、意識を持ち自由を保障された独立人である。

↓地球人という意識

②我々は地球人として、すべての人類と付き合いたい。

↓世界はひとつの国家になるべき

↓すべての地球人は対等で平等

③組織は我々を幸せにするために作られている。

↓我々を幸せにしない組織はすみやかに解体することが出来るべきである

現時点においては、こうした事を実現させることを目標とし、考え、実行しようとするすべての人が連帯することによって新しい世界が創造することが出来る。

私たちは今何気なく生きている。金持ちになりたい。学者になりたい。アイドルになりたい。スポーツ選手になりたい。色々なものになりたいと思って生きている。そして、それは国家の枠を超えて、思っている。どこの国であっても良いのだ。どこの国に住んでいる人も、これらの、なりたいものになれる世界が良いのだ。考えてほしい。これらのたくさんのなりたいは、世界がすでに共通の世界になっているから、どこの国であっても、自由に生きることが出来るような世界になっているからそういう願いが生まれるのだ。そう願っているなら、別に共通の認識を持つ世界観、共通の認識を持つ社会観、共通の認識を持つ人生観を明確に持っていなくても、それは、同じ考えを持ち、人生を生きている仲間だ。その底にある願いは同じだと考えても良いと思っている。

これからは、自分達で〝**かくありたい**〟と願う社会に変えていくことが出来る時代になったのだから、そういう方向に持っていくようにしたい。しかし、〝**かくありたい**〟とすべての人が、同じように思わなければ、これは実現することはできない。だから、共通の認識の世界観、共通の認識の社会観、共通の認識の人生観が必要になる。共通の認識が持てなければ、持てないなら、それは別の世界を作ってそこで住んでもらわなければならなくなる。一緒には住めない。

そこで、私たちは、共通の〝**かくありたい**〟という理想を探すことになる。それが「共通の認識の世界観」、「共通の認識の社会観」、「共通の認識の人生観」であり、より具体的なモノが「理念」だ。

ところで人間は、〝**目の前の事**〟、〝**自分の事**〟、〝**今の事**〟でしか考えることはできない。何十億もの人が、共通の〝かくありたい〟ということを共有することは可能なのだろうか。

〝**目の前の事**〟、〝**自分の事**〟、〝**今の事**〟で考えなければ、それは可能なのではないだろうか。すべての人が、人にとって共通な人類として、同じ人間として、という立場に立つことが出来れば、何とかなるのではないだろうか。共通の立場は、成立させることはできる。しかし、人間の思考は〝**目の前の事**〟、〝**自分の事**〟、〝**今の事**〟に限定されているので、一度に達成することを目指してはいけないと思われる。ひとつの山を登れば、そこから見える景色は山の下で想像した景色とは違うように、いまの人類の課題のひとつを達成した時には、違う景色が見えるだろう。そこで、また達成すべき課題を選択して、とりかかれば良いのではないか。

人間が出来るのは、一度に一つだけなのだから、あわてて、全部をしようとすることは、混乱をまねくだけだろう。

世界の人類の一人ひとりが、自分が住んでいる場所で、今住んでいる場所を良くしようと活動することが、新しい世界を作る手助けになると考えている。

3部　これから

1章　そして現代―理想と現実のはざまで

第二次世界大戦後の世界を見てみよう
ソビエトのスターリン
中国の毛沢東
北朝鮮の金日成
一度権力を握った共産党の指導者達は、かつての王政のように、その権力を世襲することが出来るように、その体制を作り変えている。権力を握った人間とはそういうものなのか？

そして、現代は、民主主義の考え方「基本的人権、国民主権、三権分立」は当然のことだとされるようになっている。当然だとされるようにはなっているが、これを完全に実現しようというようにはなってはいない。今までの社会のいきさつもあるので、平等を実現しようとしても、お金持ちと貧乏人をなくすことにしても、今までの経緯があるがゆえに、一気に行うことはできない。人々もそこまでは望んではいないようだ。しかし、いわゆる先進諸国においては、これに反したことを言ったり、実践したりすることは出来なくなっている。

一方、かなりの数の国においては、こうした考え方が許されないところもあるようだ。とても民主主義の国家といえないところも多々あるようだ。そうした国に対して、国際社会が圧力をかけて、是正したということも全くない。

現代の社会において、正義とされる考え方はある。しかし、それは考え方であって実行すべき倫理にはなっていない。いわば建前と本音が使い分けされている。

その一方、世界の各国は、自分の国の政府を維持、運営するために組織をつくっている。その組織は大きく育ち、その組織なしでは政府を維持することが出来なくなり、組織は組織で、もともとのつくられた意図を忘れ、自己保身の論理で動くようになりつつある。

現代社会の分析

①地球全体がひとつの組織として機能する時代

昔、こういう住所を書いていたことがある。

銀河系内太陽系第三惑星地球アジア日本大阪府○○市○○町○○丁○○番地

こういう形で、自分の住所を考えていたことがあった。今の時代、まだちょっと早いけれどもこういう住所を使うようになるかもしれない時代になって来ている。それほど現代は高度に組織化されてきている。地球全体が一つの組織として、機能しているのだ。世界政府はまだできていないが、現代の国際連合は、すでに世界政府と言っても良いような仕事をしている。世界はひとつになっているのだ。だから、日本のどこからでも、世界のどこかへモノや手紙を送ることができる時代になっている。

経済の面においては多国籍企業が、賃金の安い、土地の安いところを探し、世界中に工場を作っている。そして、その品物は、全世界で使用されている。同じ商品を、世界中の人が使うようになってきているのだ。これは、世界が一つになろうとしていることの現れそのものだ。

世界は、一つの組織になろうとしている。世界はひとつの組織に統一されつつある。—統一化—これは、一体化しようという動きでもある。そして、この動きは24時間、休みなく続いている。間違いなく、世界は、統一化、一体化へ向かっているのだ。

②高度の組織社会—官僚組織の時代・企業組織の時代

我々人類は、組織を作ることによって、ひとりの力だけで自然と対することから、集団で対することを学んだ。集団で自然と対処することを学んだことによって、人類にとって大きな利益を得た。今日の高度の社会を築くことができたのは、この事が大きな力となっている。

組織をつくり運営するとなると、その組織を実際に作り、運営する人たちが必要だ。最初は少しの人数でつくり、運営することができたが、組織が大きくなるにしたがってその人数は増えてきた。そして現代では、相当な人数になっている。そして、組織は大きくなればなるほど、自己の論理を持つようになってくる。その自己の論理の最大のものは、自己保全に傾いてくるということだ。保全ならまだ良いかもしれない。自己増殖させるようになっていく。この時点においては、組織は、その設立の目的から、だんだんと外れていくようになる傾向を持っているが……。

こうして出来上がった組織は、バラバラに存在するのではなく、互いに関連を持ち、有機的につながり全体としてまとまった存在になっている。それらは、最終的には、相互に関連して国を構成する一部となり、全体（国）の中のある部分を構成し、特定の機能を果たすように調節されて、存在するようになっていっている。

それは、一つの組織にまとまろうとしているように、相互に、結びつき、互いに関連し合おうとしていっている。最後にはひとつの大きな組織の一部分になっていく。

我々は、組織を作ることによって、効率的な分業と専門化を成し遂げてきた。しかし、この事は同時に、我々個人が組織に埋没してしまう状況をも、作り出した。個人としての発言は、世の中に、認めてもらうことが、ほぼ出来なくなった。発言をしたければ、組織を利用した発言でなければ、誰からも相手にされなくなった。高度の組織社会では、誰も、個人の発言を聞こうとはしない社会でもある。

③高度の分業社会

高度の組織化社会はまた同時に、高度の分業化社会でもある。本来一人ですべきことを、分業することで効率を高めてきた。分業は、それを専門とする人々を作り出した。その専門とする人々は一つにまとまり、組織を作った。そうした組織がたくさん集まり、ひとつの組織を作り、そしてその組織内ではさらなる分業が進められ、現代の社会は出来上がってきた。

本来人間は、あらゆることを一人で全部することが自然だった。それが、分業することによって、一人の人間は非常に多くの職業のうちのたった一つの役割を果たすことになった。一人の人間はひとつの職業を行うだけで良い分業社会になった。これは人間にとって、非常なメリットをもたらした。たった一つのことをするということは、そのたった一つのことをずっとするので、人は上達をする。上達すれば、同じものを早く、うまく作れるようになるということだ。つまり、世の中の作業が小さな技術の集まりとなり、そうした技術は集成されていった。こうしたことがあらゆる場所で起こったので、人類は、大きく発展することができた（組織化と集団化―組織化をすることで）。

こうした分業化は、組織と組織の間でも、人と人の間でも起こった。このようにいろいろな場所で分業化は起こった。結果、社会はとても効率的なものになった。

組織化と分業化は同時に起こった。組織化をしながら、分業化がおこった。分業化を進めながら、同時に組織化がすすめられた。

④組織化と分業化の結果➡権限移譲社会

人間は、組織の中では取り換えのきくパーツになり、分業化の中では、分業化された一部の機能になった。本来人間は、自分で何もかもする存在だった。本来人間は、そういうふうに作られていた。ところが、人類の進化の中で、人類は組織化（集団化）と分業化を選択した。結果、人は組織（集団）の中の一部となり、分業化の中で、分業の一部を担当する一部となった。人間は、人類の社会の中で、本来は全体として存在しようとする存在であるのに、部分としてしか存在できない存在になってしまった。

私はこのような存在の仕方で人間社会が出来上がっているのを、**権限移譲社会**と呼ぶことにした。

自分の持っている権限を、組織（集団）に移譲し、自分が一人で仕上げることを、分業することで、自分の仕事を分業化された一部の作業に限定する、すなわち自己の残りの権限を他の人に移譲する。こうすることによって社会は成り立つことになった。こうした社会が権限移譲社会だ。

部品とされ、機能の一部とされた人間は、こうした社会では満足できなかった。部品ではなく、一部の機能ではなく、全体としての人間となるために、絵画、彫刻、音楽などを求めた。これらを鑑賞するとき、我らは、全体として、一つのまとまった存在として、鑑賞している。これらを鑑賞しているときは、人は同じように鑑賞している他人と連帯することが出来るのだ。それらを鑑賞するときには、全体としての自己と、全体としての他者が交流することが出来るのだ。

それらはいつの時代においても求められた。そして、現代では、そうしたモノを永遠不滅の芸術とするようになった。バラバラの人間をつなげ、全体として統一された人間となるために必要なモノになった。全体として統一された人間となるために必要なモノとして、人は〝スポーツ〟も求めた。それから、〝性〟も求めた。〝芸術〟も求めた。人は自己を全体と意識したいときに肉体の快楽の中に、自己が埋まっていることで補償したのだった。

権限移譲社会の中で、人は部品となり、一部の機能になったが、その一方で全体としての存在として生きていこうとしているのだ。

こうした状態で、我々は生きている。

会社で仕事をするということは、その会社の中のある特定の役目を果たすということで、それは自分だけが果たしうる仕事になる。専門のエキスパートといえるかもしれない。しかし、専門のエキスパートではあるが、その仕事は自分の同僚ならば、交代することが出来るようになっている。我々はそういう職場で働いている。会社で働くということは、我々にとって、狩猟採集時代の狩りをしているようなものだ。獲物の代わりに、仕事をして、その対価として給料を受け取って帰る。我々にとって職場は、そういうものになった。そして職場でもらう給料が、獲物になる。給料を持って帰って、給料を使って、必要なモノを買って、消費することが、我々の家庭生活になる。

組織化と分業化が進んでいるので、我々は欲しいものを、その欲しいモノを売っている場所へ、買い出しに行かなければならない。この買い出しの行為は、社会に対して、全人的な存在としての行為になる。一方、仕事をするときは、大きな組織の中の一部分としてしか、存在していない。

全体としてまとまった存在である我々人間は、全体としてまとまった生き方、行動をしようと思っているが、社会から望まれているのは、組織の中に存在して、その組織の一部の機能を果たすパーツとしてだ。しかし、一方消費者としては、供給されたモノを消費する全体としてまとまったひとつの存在として扱われる。それ故に、消費は人を楽しませる。しかも、消費者は現代の、大量消費社会を大きく支える存在なので、消費をすることが出来る人々は、〝王様〟のような扱いを受ける。

現代は私たちを、歯車の一片とする一方、同時に〝王様〟としても扱っている。これはある意味、私たちを戸惑わせる。どちらが私たちの本当の姿なのだと……。私たちは常に惑いながら、今社会を生きている。そしてそれはどうすることもできない。

権限移譲社会の弱点①
独裁者の出現を止めることが、とても難しくなってきている

集団化（組織化）と分業化（専門化）が進んでいく事によって、人々は政治に対する権限を、政治の専門家に任せていく事になっていく。権限移譲社会においては、我々は政治に対する権限を政治家に移譲してしまっている。わずかに残っている権限が投票する権利である。その権利についても、我々にとって、社会が複雑になり、高度化することで、自分の経験や知識で対応していく事が難しくなっている。そうした事から、政治に無関心になっていっている。また、積極的に自分の意見を発信し、政治に関わろうとしても、何らかの政治団体に加入していなければ、個人の意見にはどの政治家も、耳を傾けようとしないだろう。個人には何の影響力もない。一個人には、政治の主権者としての権利を行使したくても、行使することが難しくなっていっている。

一方、政治家は一度権力を移譲されたら、その権力をずっと握っていたくなる傾向を持ってしまうようだ。権力を握った人は、その国の指導者として、長く権力を握っていればいる程、さらに長く権力者として、長く権力を握っていたいと考える傾向がある。そして、官僚は長く政治権力を握っている政治家に、迎合的になっていく。癒着が起こりやすくなっていく。こうした状態は、世界のあちこちで見られる。こうした状態の最たるものとして、政治権力が、特定の人間の一族によって、世襲されている状況に見られる。このようなことは、断じて許してはいけない。どんなに良い人間であっても、権力を長く維持させるような体制を、作ってはいけない。官僚は、長い期間政治家であり続ける人におもねることがあってはいけない。またそのような体制を目指すような政党も許してはいけない。

人は、組織にならなければ、その意向を表現する場がない。権限移譲社会だから。組織でなく、ひとりひとりが自分の意見を表明したとしても、それは単なるつぶやきでしかない。今の私たちの社会では、独裁者の出現を阻止する組織が存在しないので、一度独裁者が出てしまうと、その独裁者を排除することが、非常に難しくなっている。

権限移譲社会の弱点②

自分自身を自立した自己と考える人が多くなるということは、自己の意見を主張することが多くなるということで、多数決で物事を決めることが、難くなるということ

教育を受けて、我々は育ってきた。教育の中で我々は、現代社会の仕組み、特に民主主義などについては、現代社会の根幹としてしっかり教え込まれている。現代の社会において、いわゆる国民というのは、主権を持っていて、基本的人権を保障されている。だから、我々は社会の中で、一番尊重されなければならない。我々の意見は、一番尊重されるべきものだと考えている。尊重されていないと感じたときは、非常な不満を感じるようになってきている。

こうした状態の一般大衆は、自己の意見を強く主張するようになり、自分が正しいと考え、その主張が通らない時には、非常な不満を持つようになる。多くの意見があるとき、民主主義の社会では、多数決で、決めるということになっているが、意見が30％、30％、30％に分かれる場合もあるようだ。こういう分断が起こった時、それぞれが、妥協しなければ、政治が進まなくなる。こうした時にどうするのかを考えなくてはならない。

例えば、原子力発電の場合などだ。原子力発電では、化石燃料を使わないので、二酸化炭素を排出しないで、電力を作ることが出来る。しかし、放射性廃棄物を出す。放射性廃棄物は現代の技術では、安全に処理することが出来ない。原子力発電のこうした問題は、今のところ平行線状態になる。そして、どちらでもない人たちがいる。

今のところ、決着をつけることが出来ない状態にある。

⑤現代の社会を動かすもの

第1部5～6章で、述べたように、我々を動かすものは「飢えからの解放、危険からの生きていこうとする力だ。そして、それを実現するために、「**群れ**」で生きることを選んだ。「**群れ**」という集団は、人類にとってとても役立った。「**飢えからの解放、危険からの解放**」を個々に生きていた時よりも、我々人類の生存をより確実なものとした。さらに、集団の生活を続けていくうちに、集団の生活は、私たち人類に、分業化と組織化を発見させ、それを実践した。これにより、私たちの集団は大きくなり、社会というものを作るようになっていった。我々は以前と同じように自然の中で生きていたが、同時に自分達が作り出した社会の中でも生きていくようになってきた。それに伴って、「**飢えからの解放、危険からの解放**」は以前とは違う形で現れるようになってきた。**弱肉強食、優勝劣敗**という形だった。それは自然界における動植物の。**生存競争**と変わらないものだった。従って、人間もまた動物界の一部だということだ。進化論の**適者生存**そのものだった。そして、我々の社会では自由競争といわれている。

この頃から、人類は自然の一部であるが、その生活の空間は社会の中での生活に、その比重を高めていくようになった。自然から、距離を置いて生活をするようになってきた。この状態が長く続いた後、群れの生活は、群れを一つにまとめよう、まとめようとするように働いていった。そうした行動のために、戦争なども起こった。しかし、その結果、人類の集団は次第に大きくなっていった。集団が大きくなるにつれ、集団そのものが進化し始めた。集団は部族国家へ、そして、民族国家、近代国家へと発展していった。そして、現代では世界はひとつの世界（国家）になろうという方向に進んでいる。

弱肉強食、優勝劣敗は今までは力が強いという肉体的な面からくる弱肉強食、優勝劣敗だったが、集団が大きくなってきてからは、餌をとるのが上手というだけでなくそのほかの事も含まれるようになってきた。肉体的な強さから、総合的な強さが生存に影響するようになっていった。

現在、我々が生きている世界においては、**弱肉強食、優勝劣敗**は、**自由競争**という綺麗な言葉で表現されている。

理念があるような、ないようなだが、理念ではない。**弱肉強食、優勝劣敗**を綺麗な言葉で言い換えただけだ。これは、我々個人にとっての真理でもある。そして、国家レベルにおいても、最重要な真理になっている。そしてこうした考え方が、今の我々の世界を動かしている。

我々は、この綺麗な言葉の本当の意味を理解しておかねばならない。我々の世界は、強い者が勝って、その強い者が自分に都合の良いような仕組みを整えて、支配している世界なのだ。それが、自由主義ということなのだ。そして、この論理が世界を動かしている。

我々の社会は、目標も見定めずに、未来に向かって進んできたのではないか。そう、オートマチックに進んできた。

⑥現代の社会はスピードアップしている

社会全体の人間の数は、有史以来どんどん増えている。そして、社会を変えてゆく力を持つ人の数もどんどん増えている。そして、スピードアップしている。

石器時代に新しいものを創り出したり、新しい狩りの方法を編み出した人は、非常に少なかった。ごく一部の人が気付いて、新しいことを始めていった。それが、他の人々に伝わって、社会の文化になっていった。しかし、言語が発達するまで、新しく発見した事、新しく作り出したモノは、なかなか他の人々に伝わりにくかったのではなく、伝えるのは、とても難しかった。だから、新しいことがなかなか広まらなかった。そして、人間の集団も小さな集団だった。しかし、社会に言葉が出来てからは、以前よりも、自分達の文化を伝えることが易しくなった。さらに、言葉が出来てからは、集団もだんだん大きくなっていった。

集団が大きくなっていき、新しい技術、道具を言葉を通して、伝えることが出来るようになっていった。言葉を話せる人であれば、前の世代が作り出した技術や道具を使いこなせるようになったということだ。それだけではなく、新しい技術や道具をもとにそこから出発して、さらに改良を加えていく事も可能になったということでもある。言葉の発明は、社会を進化させていく人の数を増やした。

社会を進化させていく人の数が増えたことによって、社会の進化のスピードは速くなった。

人類の歴史の中で、この他にも社会の進化を速める出来事があった。書き言葉の発明、印刷機の発明、学校の発明、そして、ネットワークを使っての情報の伝達と収集、これらによって、社会の進歩は一段とスピードアップしてきた。

書き言葉の発明は、書物を通して、文字を読むことが出来る人たちに、いつでも、今までのように直接的にではなく、間接的に伝えることが出来るようになった。だから、今までよりも、伝達が簡単になり、より多くの人々に伝えられるようになった。さらに、今そばにいる人からだけでなく、はるかに離れた場所にいる人の書いた書物からでも、知識は伝達されるようになった。そして、印刷機の発明は、書き写す手間をなくし、書物を大量に作り出すことを簡単にした。大量に書物を作ることが可能になったことで、そうした事態をさらに推し進めた。社会を進化させることのできる人々の数がうんと増えて、社会の進歩が、速められることになった。

こうした効用に気づいた我々の社会はこうした事を積極的に進めることが、社会をさらに進歩させることに気づいた。そして、こうした事を社会として進めていく為に、学校を創り出した。この学校は、さらに、社会を進化させていく人の数を増やした。教育を受けた人々が増えて、社会の進歩はさらに加速した。

そして、現代、今はインターネットの世界になった。教育を受けた人々が、ネットで繋がるようになった。ネットで繋がるということは、すべての人が、知識の発信者で、知識の受信者であるということだ。だから、今は、ネットで繋がるすべての人が、社会を進化させていく人になっている。この地球に存在しているすべての人が社会を進化させていく人になったのだ。或る人が新しい発見をネット上で発表すると、すべての人がその知見を利用できるのだ。その次の人は、そこから、出発することが出来るのだ。だから、社会の進歩は速くなっていく。70数億の人間のそれぞれが、社会を進歩させる力を持つようになったのが、現代なのだ。現在は、とてつもなく速く、人類の社会は進んで行くようになっていっている。

現代社会は70数億のエンジンによって動かされる社会になったのだ。そして、そのエンジンは、男性だけでなく、女性もまた社会を進化させていく個になっていくことが出来ることを確認しておきたい。私のいうひとりの人間は、男性も女性も一人の人間としている。

進化させていく場合と同様に環境を汚染していくスピードもまた、加速していっている。地球の温暖化もまた、加速していっている。

環境を汚していくのも、同様にすべての個が行うことになるので、そのスピードも、ドンドン速くなっていくだろう。人類の社会のマイナス面も、加速させていっている。

2章　理想の社会を実現するための社会を目指す

理想の社会を実現するための手掛かりになるものは何だろう

〔1〕権限移譲社会はこれからも進んでいく。
〔2〕政治と経済の一体化は進んでいく。
〔3〕現代の変化のスピードは加速していく。

〔1〕～〔3〕の事柄は、オートマチックに進んできた。そして、これらの事は今までと同様に私たちの意向とは関係なく進んでいくだろう。しかし、現代はオートマチックではなく、自分自身で目標を探し、見つけ出し、自身と社会の目標を設定し、行動していく事が、出来る時代になっているのだ。

その手掛かりは、人類が持つことが出来るようになった〝**自我**〟だ。〝**自我**〟を持つことが出来て、〝**自由**〟を考えることが出来るようになった。〝**自由**〟を考えることから、基本的人権の思想が生まれ、さらに、現代の自由主義国家の三原則が生まれた。国民主権、平和主義、基本的人権の尊重、これらは一**気に実現は出来ない**。しかし、これらはそのための手がかりになる。

我々人間が持っている構造からくる制約からの限界がある。しかし、自分の立場でなく、共通の立場に立つことで、課題に対処していけるのではないか。

手掛かりをもとに考えを進めていこう。

地球上のすべての人類が理想とする状態とはどんなものか、これを考えることが第一だ。70数億の人類が、地球上で生活している。そしてそれぞれが国を作っている。暑いところもあれば、寒いところもある。それらのすべての人が、納得することが出来る体制を創造する。そして、70数億の人類がひとつの考え方になる。これは難しいことだ。しかし、一歩一歩進めていくしかない。少しずつ同じ考え方に近づいていくようにしなければならない。すべての人間が、自己の立場から考えるのであれば、始まらない。同じ地球上に住む人類という共通の立場から、共通の考え方を育み、そして、共通の理想の社会を創り出していくようにする。

今、人は自分の生き方を、自分の意志で選択できるようになったのと同じように、我々の社会もまた、自らの社会の在り様を我々の意志で決定し、我々の意志で選択した社会にすることが出来る時代になりつつある。

今私たちは自己の意志を持つことが出来るようになった。自己の意志を持つことが出来るから、自己の意志で生きていきたいし、自己の意志で生きていく事が可能である社会であることを望む。すべての人々が、そう考えるだろう。

ここを基点として、すべての個人が満足できる社会を考えていくことができるのではないか。もっとも大多数の庶民の人々（私自身も含めて）を満足させることができる社会を作ることが出来るのではないか。


自らの意志で選択し（自己規定し）、決定する社会（自己規定に基づく社会）に作り変えたい。作り変えることのできる社会を作ることができる社会にしたい。

一気にはできないが、ひとつひとつ出来そうなことから、始めてはどうだろう。


今、こうしたことを考えることができる状況にある人は、そんなに多くはいないかもしれない。それどころか、国内に起こった内乱で、政治的不安定、そして貧困に苦しんでいる多くの人がいることも確かである。また国と国の争いで、常に戦争の危険に置かれている人々も多くいることも確かだ。

だから、こうしたことを考えるのはまだまだ早いという人もいるだろう。しかし、人類の未来について、今考えることは必要だと思う。今から考えていって、何十年後かに、実現させるための土台ができ、世界のすべての人がこうしたことを考え、そして実現させようとするようになるだろうと思う。作り変えることのできる社会にしたい。そのために必要な土台は何だろう。その土台は、この地球上に住むすべての人が納得できる社会システムでなければならない。

この世に住んでいる人は、すべて自分の立場を持っている。すべての人がすべて自分自身の立場を持っている。すべての人はすべて違う立場に立っている。だから、すべての人が自分の立場で考えれば、意見は合わないだろう。すべての人が自分の利益、自分に都合の良いことを善とするなら、永久にまとまることはないだろう。

すべての人に共通する立場というのはないのだろうか。すべての人に共通する立場、考えようによってはあるのではないか。すべての人に共通するモノを探せばよいのではないか。

そのひとつは、我々のすべては地球に住む人類の一員であることだ。そして、もう一つは、この地球に住み、他の人に支配されたくない。同時に他の人を自分が支配したくもない。支配しないで生きていきたい。支配と被支配の関係で私は他の人々と、関係したくないという立場だ。私はすべての人々と、対等で平等な関係で付き合えることが良いと思う。答えはもうすでにあるのだ。答えは出ているのだ。こうした関係を実現するのは、いわゆる基本的人権の尊重と民主主義ということになるだろう。

同じ地球に住む一人の人間として、人から支配されなくて、他の人を支配しなくて、自由に生活していくことが出来る社会が良いと思う。もちろん、貧富の差がなくて、すべての人が快適に生活できる社会が良い。

基本的人権の尊重と民主主義の社会、一応これは正しいことだとされている。そして、すべての社会でこれらは守られるべきだということになっている。しかし、完全に守られてはいない。なぜなら、建前と本音が使い分けられているのだ。

そうした事のほかに王政の国があるし、軍事独裁政権の国もある。そして、今の国際社会の国々は、これらを黙認している。

この状況下で、「**自らの意志で選択し、決定する社会に作り変えたい。作り変えることのできる社会を作ることができる社会にしたい**」ということは夢物語のような気もする。でも、今の人類は、これらのことを実現させることができる段階に来ている。これから何年かかるかはわからない。明らかに、人類は、自分の力で自分たちの将来を考え、選択し、少しずつ変えていける段階にさしかかっている。そして今、少しずつ変えていくことが出来るようになりつつある。

今までの社会は、いろいろな過去からの繋がりがあった。その繋がりも大事だが……。

しかし、それを踏襲してしまうと、新たな出発はできない。

今私たちは、理想から出発したい。いま私たちには、参考にしても良い理想、理念がある。基本的人権の尊重と民主主義という考え方がある。現在はもうすでに、基本的人権の尊重と民主主義になっているのではないかという反論が出てきそうであるが、今は、基本的人権の尊重と民主主義の社会を目指すとしか言いようがない。新たな出発は、過去とは関係なく、人類にとって最も正しいことを、正しいこととして、そこから出発しなければならない。

金持ちの子供が親と同じように金持ちであることはおかしい。親が一生懸命に働いて金持ちになったのは素晴らしいことだと思う。そのことについては全く問題はない。社会にとって、能力や力のある人が、その能力や力を十分に発揮できる状態にあることは、世の中にとって素晴らしいことだ。歴史では、そうした力や能力のある人が人類を新しい世界へと我々を連れて行った。反対にそうした力や能力のない人が権力を持った時には大きな悲劇が起こった（権力者が一度握った権力を社会のためではなく、自分の権力の維持のために使うということも起こっているが……）。

今は単純に力や能力のある人が、そういう能力や力を発揮できるような社会の方が我々にとって都合の良いことだと考えよう。だから、そういう体制、そういう制度、仕組みの社会に変えなければならない。もちろん、そうした能力や力のない人はそうした権力を行使する立場から、すぐに退場してもらう制度、体制でもなければならない。だから、親が金持ちだから、子供も金持ちであるということは否定する社会でなければならない。だから親が偉い人だから子供も偉い人だとすることは否定する社会でなければならない。人が、その出発点に立った時、すべての人が平等な地点から出発することが出来るようになるべきだと思う。

私たちの社会にとって、何を正しいことにしたらよいのかをしっかりと考えたい。地球上の人類にとって、これが一番正しいことであるということを考えて、見つけ出したい。この地球上に住む我々、ごく普通の人間にとって正しいことを、正しい事としたい。金持ちではなく、貧乏人でもなく、ごく普通の人間にとって、一番都合が良い社会が、良い社会だと思う。

金持ちではなく、貧乏人でもなく、ごく普通の人間にとって、一番都合が良い社会が、良いと思う。そして、能力のある人がその能力に合わせてふさわしい役職につき、能力がない人は、速やかにそれらの地位から、ふさわしい人に代わる社会になって欲しい。

そして、権力者が一度握った権力を社会のためではなく、自分の権力の維持のために使うことが出来ない体制でなければならない。

これが善であって、正義だとしたい。これに反することは正しくないとしたい。すべては、ここから始めることにしたい。これだけでは、わかりにくいと思う。しかし今の時点においては、こういう形でしか私は答えることができない。具体的な方法を述べていく中で、もう少し納得できるようになるかと思う。

ごく普通の人間にとって正しいことを正しい事としたい。これが我々人類にとっての〝善〟であり、〝正義〟ということだ。

この一点から、すべてを判断しなおすことが第一歩だ。

すべての人が平等で、自由であること。これらの事を実現する考え方、実現する方法が、〝善〟で、これらの事を妨げる考え方、邪魔する方法が、〝悪〟になる。

しかし、これらのことは、市民革命が起こった時に、〝自由、平等、博愛〟を、社会が目指すべきものとされていた。しかし、現実では、理念としてしか扱われなかった。市民革命は、その時に、一般市民であったブルジョワジーとその近辺の人々によって起こされ、その時流に乗った人々によって起こされた。その起こした人々を便宜的に〝市民〟と呼ぶのが便利だったので、市民革命と命名されたのであるが、その市民革命が成立した瞬間に、市民はまたバラバラになったのである。革命を起こすまでは、アンチ君主としてまとまっていたのであるが、革命がなった途端に、これらの人々は、各々の立場に戻った。そして、自分の仕事をするために、元の職場に戻った。各々の立場の代表として行動するようになってしまい、市民としての行動をとらなくなった。残ったのが、ブルジョワ階級で、政治は彼らの自由になった。そのために、せっかく獲得した〝自由、平等、博愛〟の理念を現実のものとすることが出来なくなってしまった。これは民主主義の最大の弱点だろう。民主主義においては、国民が権力を握った途端に、民主主義を実現した途端に、それを実現させたグループのほとんどが、国民の中のそれぞれのもとの別個のグループに戻ってしまった。そして、敵がいなくなっているので、今度はそのそれぞれのグループ同士で争うことになってしまう。革命の時はそれぞれのグループは利益が一致したのでまとまっていたが、敵を倒した後は元のグループの利益を確保するために、今までの仲間と争うようになってしまった。残っていたのはブルジョワジーのグループだけだった。今までの民主主義はこうした状況を経過して、その結果国民全体の利益を目指すことが出来なくなってしまっていたのだ。だから、理念は、現実のものとはならなかった。私たちは、市民革命を起こした時の建前の理論を思い出さなくてはならない。その時に実現した事の実施を強力に求めなければならない。元のグループの代表になってはいけないのだ。その時の立場をしっかりと守っていかなくてはならないのだ。その時にできた新しいグループの代表―〝自由、平等、博愛〟の理念を実現する―という立場に立たなければならなかったのだ。

今私たちは、その時の理念を現実のものとしようとしているだけである。今私たちは基本的には、〝自由、平等、博愛〟の理念を尊重する〝民主主義の社会の国で生活している。形の上では、それらはすべて実現されていることになっている。しかし現実には、実現されていない部分が相当あるようである。

金持ちではなく、貧乏人でもなく、ごく普通の人間にとって、一番都合が良い社会が、良いと思う。そして、能力のある人がその能力に合わせてふさわしい役職につき、能力がない人は、速やかにそれらの地位から、ふさわしい人に代わる社会になって欲しい。

そして、権力者が一度握った権力を社会のためではなく、自分の権力の維持のために使うことが出来ない体制でなければならない。

現実に起こっている様々な事柄をどう理解するべきか

①デフレ傾向は世界が一つになっているということ

共通して先進国社会で起こっていることは、デフレ傾向、若者の就職率の悪化、人口減少、経済成長の鈍化だろう。これらは、実は一つの現象が色々なかたちで表れていると考えられる。その一つの現象とは、デフレ傾向だと考えられる。

今、先進国では、デフレ傾向に悩まされている。なぜデフレ傾向になるのか。

一般的に、先進国と開発途上国との貿易では、先進国の新しい新製品などがどんどん開発途上国へ輸出され、一方開発途上国では新しい新製品などを作ることができないので、農業生産物、鉱物資源などの一次産品を輸出して貿易が成り立っている。そこで、先進国では貿易黒字が、開発途上国では貿易赤字が起こる。結果、為替レートが先進国では高く、開発途上国では安くなる。そうすると、新しい新製品はますます高く、開発途上国の農業生産物などの一次産品はますます安くなる。こうしたことが長年続いたので、先進国は豊かな国々になり、そして開発途上国は貧しい国になっていった。先進国の通貨が相対的に高くなっていった。だから、先進国では、開発途上国からの安い農産物などが輸入されやすくなり、結果として先進国では、農産物などの価格が上がらなくなり、先進国内での第一次産業が衰退傾向になり、デフレ傾向となっている。例外的に、地政学的にとても恵まれていて、先進国でありながら、こうした一次産品も豊かである国もあるが……。

先進国の通貨が高くなり、開発途上国の通貨が安くなった結果、何が起こったかというと、人々の生活水準の差が、大きくなった。

所得水準が、年間4万ドルの人と、年間400ドルの人ができた。本当はもっと大きな差があるかもしれないが……。

一般的にモノの値段は、経済資源の〝土地、労働、資本〟によって決まる。土地と資本が一定ならば、労働の費用が一番小さければ、生産物の価格は一番安くなる。土地と資本が一定ならば、人々が工場や、農場などで働いてもらう給料によって、生産物の価格が決まることになる生産物の価格は、労働者の賃金の水準によって決まる部分が大きい。

従って賃金水準の安い国に行って生産をするのが、企業にとって有利ということになる。
あなたが、先進国の大金持ちだとしよう。あなたが持っているお金を有効に使おうと思えば、開発途上国へ行って、そこの土地―先進国の土地よりはるかに安いだろう―を買って、そこへ工場を建てようと考えるのではないだろうか。インフラが安定しているのであれば、きっと大儲けをすることが出来るだろう。

中間層の所得の低迷、格差の拡大もまた、工場の開発途上国への移転によって説明がつくだろう。
こうした事を実際に実行する人は、今までよりも大きな収入を得るだろう。会社は今までよりも儲けるのだから。そして、それを助ける人もまた、収入を増やすだろう。しかし、国内の人の中間層の人は、収入を増やすことはないだろう。

だから、先進諸国の工場が開発途上国へ移転して、先進諸国においては産業の空洞化が問題になっている。工場が開発途上国へ移転するのだから、若者の仕事は減少する。当然若者の失業率が高くなる。

今先進国では、開発途上国からの安い農産物の輸入が流入することで農産物価格が上がらない状況になっている。デフレ傾向になっている。工業製品についても、同様のことが起きている。土地と労働と資本の中で、経営者は土地と労働を安く済ませることができる開発途上国へ行けば、同じものを安く作ることができる。経営者は世界中の企業と競争をしているので、争って自分の国から、土地と労働の安い国へ、彼らの工場を移すようになった。結果、農産物、単純な工業製品は輸入されるようになった。

こうしたことが、先進国で起こっている。結果としてデフレ傾向がみられるようになった。これは、世界で、国によって物価が違うことによって起こっている現象だから、国によって物価が違うということがなくならない限り、直らないだろう。〃土地、労働、資本〃が同じ価格になるまで、こうした状況は続くだろう。その間、工場の移転によって、その工場を移転させた人々は、今までよりも安い賃金で人を雇えるようになるので、以前よりも多くを儲けることが出来るようになるだろう。そして、工場で働いていた人たちは、収入の伸び悩み、あるいは減少に見舞われるだろう。先進国での賃金は伸び悩み、開発途上国の賃金は上がり、こうした格差は縮まるだろう。

完全な同一の価格になることもないが……（世界中において、同じものは同じ値段になるべきだ。**一物一価**）。こういうふうに考えると、デフレ傾向、若者の就職率の悪化、人口減少、経済成長率の低下等はすべて、説明できる。

今世界は、同じものなら同じ値段になろうとする傾向になっている。これは世界がひとつの世界になろうとしている表れだと思う。世界のどこへ行っても、モノの値段が変わらないということは、世界中の物価が等しいことだから、当然所得もまた同じレベルになるべきだということでもある。

―こうなるのはまだまだ先のことだが、こうした傾向になっていることは間違いないと思う―

原則として開発途上国は、人件費の安さを武器に、先進国への輸出を伸ばし、経済成長を続けることが出来る。止まっている先進国に、追いつくことが出来るようになっていくだろう。これはすべての開発途上国に起こって欲しい事であるが、すべての開発途上国ではない。

そして、これを実現していくのが、企業だろう。自己の利益を追求していると、結果的に、開発途上国の経済発展に寄与することになり、そしてそれは、世界経済の一体化を助長することになる。

こうした状況を作り出しているのは、企業だと思う。特に多国籍企業だと思う。

していている。

②企業を考える→多国籍企業他

企業はこうした状況を作り出している。企業の行動が結果として世界を一つにしようとしている。

企業は民間によって作られた組織だ。そして、この組織は設立時に明確な目的をもとに作られている。〃ある商品〃を作るなどして営利事業を行い、その利益によって、その運営を行う。そして、その他に、国によって作られた組織がある。国の組織は、運営にかかる費用を自己で賄う必要がない。だから、大きな違いがある。しかし、国営の企業も、民間の企業も大きな影響を我々の社会に及ぼす力を持っている。なくてはならない、とても重要なものとなっていて、社会の重要な一部となっている。そして、現在世界中の国々が交流する時代になって、同じように企業も全世界で交流＝活動するようになった。一国内の企業から、世界の多くの国々で活動する多国籍企業となっている。

多国籍企業は、〃土地、労働、資本〃を使って活動をし、活動することによって、利益を得、その利益によって、その活動力をアップさせ、企業活動をずっと続けていこうとする。多国籍企業がいくつもの国の中で活動する中で、それらの国によって、人件費が違うことに気が付き、そのことを自分たちの企業活動に利用するようになっていった。―要は人件費の安い国に工場を移転させていった―

この結果、先進国内において産業の空洞化ということが言われるようになった。先進国内に工場をつくらないために、先進国内において給料の頭打ちが起こり、若者の仕事が少なくなり、若者の失業率が高くなった。国内の総需要も伸びることが期待できなくなった。先進国においての需要は、欲しいモノ等は、すでに所持しているので、ほとんどの商品において、更新の需要しかない。そして、更新需要を満たすだけの生産力は、特に日本では、すでに持っている。結果として、先進国（特に日本では）は経済成長することが出来にくくなった。今、先進国は低成長にあえいでいる。

一方工場の進出が起こった開発途上国は、工場が建つことで仕事が増えた。若者は新しくできた工場で働くことが出来たので、給料をもらい、その給料で、家庭内に今はない電化製品等を購入したので、新興国の経済は、活発に経済成長をすることが出来るようになった。

こうした開発途上国、新興国に工場を建てることは、技術の移転である。技術の移転とともに、そこに先進国の文化を移植することでもある。こうした事が、継続して続けられるなら、これは、世界の国々の文化の同一化へ、文化の共通化への大きな力となると思われる。完全な同一化はあり得ないだろうが……。

世界の国々は、同じレベルの生活を、そして同じ文化を持ち合うことが出来るようになるのが、良い事なのではないか。

こうした事が続いていって世界は一つの文明になっていくのではないだろうか。もちろん、すんなりとはいかないだろうが……。現に今私たちの文明は一つの文明であるかのように、いろいろなルート、色々な形で結ばれている。大きな自然災害が起こった時、部品などの供給ルートが国という枠を超えて、影響を受け、企業の生産活動が止まるということなどが、起こっています。これこそ世界がひとつに結ばれているということだと考えても良いのではないでしょうか。ひとつに結ばれてはいるが、まだ、一つの国家ではありませんが……。

世界の国々の人々は、同じレベルの生活を、そして同じ文化を持ち合うようになるのが、良いのではないでしょうか……。

先進国の通貨は高く、そして開発途上国の通貨は安いので、先進国は豊かで、開発途上国は貧しいという状況は、維持されている。そして今、先進国と開発途上国の間に、新興国と分類すべき国々が生まれている。新興国は、多国籍企業によって工場を建てることが出来た国だ。多国籍企業は今、その工場を、新興国から開発途上国へ移転させようとしている。それは、新興国においても、経済成長により、人件費や土地代等が高くなってきたからだ。しかし、新興国で新しく立ち上がってきた企業もまた、多国籍企業と同様に海外に出て、成長を目指すようになってきている。

そもそも先進国で生まれ育った大企業は、産業革命と共に育ってきた。新しいエネルギーを使用して、工場・工業を興し、新しく生まれた工業製品―新しく生まれた製品ゆえに人々は在庫を持っていなかった。だから作れば作るほどどんどん売れた製品―は投資をして工場をつくればどんどん売れた状態の中で企業として成長してきた。そうした事が先進国の中では、しばらくは続いた。しかし、今、先進国内に置いては、それが続いていかなくなりつつある。画期的な新製品はほとんどなくなり、今までの商品の更新需要がメインの経済になっている。成長のためには新しい製品が必要なのだ。新しい製品を作り出せない国には、停滞しかない。更新需要を満たすだけでは、企業は今までの成長に合わせた投資をしていけなくなり、それどころか、既存の設備で十分な生産をすることが出来る。国内だけを目指しているのなら投資は全く不要な経済になっている。だから、企業は非常に多くの積立金をしている。先進国の企業は、供給力過剰の状態に陥っているのだ。ただ、新興国においては、先進国にあっては既存の商品であっても、今までになかった商品であるので、一定の需要はある。新興国では、企業はまだまだ成長できる様だ。

だから、企業は、国内だけを目指していては、どんどんじり貧になっていく。そうなるのが嫌なら、企業は国内から、よその国へ出かけなければならない。そして、多国籍企業になっていかなければ、その企業には将来はないことになる。

こうした多国籍企業の活動は、富の再分配をしていると考えても良いような活動になっている。そうしたことを意識しているわけではないが、結果的には富の再分配のような形になっている。

富の集中

人間は生活しなければならない。そして生活するためには費用がかかる。人間の生活費は一定だ。その一定よりも多く稼ぐ人は、その超えた部分を投資することが出来る。そしてその投資は、さらなる収入を生む。これが何代も続けば、その差は非常に大きくなる。富は、生活費よりも多くを稼ぐ人々の集団に集中していく事になる。余剰の資金を持つ人々は、こうした形で、〝ずっと、ずっと資金を増やしていく事になる〟何もしなければ、世の中の資金、資本はすべてこうした人々に集まっていくようになる。そしてこれは、個人についてもそうだが、企業についても同じことがいえる。さらに、国についてもそういうことが、現に起こっている。何もしなければ、それは、さらに進んでいくだろう。

企業という法人にあっても、個人と同じことがいえる。利益を十分に稼いでいる企業においては、企業の維持するための費用以上の利益は、すべて投資に回すことが出来る。そうした企業は、この先もどんどん成長していくことが出来る。しかし、カツカツの企業では、生存することがやっとという状態になる。成長する企業はどんどん富をためていくことが出来る。

先進国にたまった富を、新興国が少しずつ取り込んでいっている。新興国にたまった富は、開発途上国が少しずつ取り込もうとしつつある。もちろんこれは十分な分配ではない。

ただこのパターンは、富の分配を行うことが出来るシステムになれそうというだけである。

私は、特定の国に集まった富を、すべての国に平等である形に持っていくようにしたい。今はそのようなシステムではないが……。ゆくゆくはそうしたシステムになるようにしたい。

現代の多くの企業は、一国内に留まってその活動をするのではなく、一国内から飛び出て、多くの他の国へ行って活動するようになっている。企業は国の枠を超えて活動する時代になっているのだ。国の枠を超えて活動するということは、国という行政の枠から外れているということで、国の指導、監督を受けていないのだ。そして、この国際的な企業はとても規模の大きなものもある。小さな国の国家予算よりも大きな売上を持つ企業もある。小さな国の人口よりもたくさんの社員を雇用している企業もある。こうした企業を指導、監督するためにはどうしたら良いのか。こうした企業にやりたい放題をさせたままで良いのか。これは大きな問題だ。どこかで、こうした企業をコントロールする方法を作り出したい。

こうした企業を運営しているのは、人間だ。人間には倫理がある。その倫理の中に、大企業をコントロールする、または監視することが、当然であるとするルールを、その中に取り込まれるようにしなければならない。

大企業を運営しているのは、普通の人間だ。大企業が何をしているのか、何をしようとしているのかを一番よく知っているのは、その普通の人間だ。その人たちが、大企業のルールに従うのではなく、こうした倫理に従うことが、正しいことにしなければならない。

こうした倫理を私たちは、創り出さなくてはならない。

③集団化そして分業化社会➡権限移譲社会➡国・企業

現代は地球全体がひとつの組織として機能する時代だ。そしてこの組織はとても小さな組織から、国という最大の組織まである。企業もたくさんある。そしてこれらの組織は、階層構造をしていて、組織間においても、機能の分業が行われ、相互に連絡を取り、効率的に業務がなされるように、仕組まれている。原則としては……

こうした階層構造は、それぞれの組織がそれぞれの機能をしっかり果たすことで、全体もうまく回るように作られている。

これらの組織は大きく分けて二つに分類することが出来る。民間と政府の二つだ。

④国家をどう考える

もともと国家は、力の強いものが力の弱いものを征服していって、大きくなっていったものだと思う。何のルールもない社会で各自が自由に行動していた時代があり、その社会は自由競争の時代だった。そこに正義も何もなかった。弱肉強食（自由競争）の論理だけで、成立していたものだった。しかし人類はいろいろな経験をしてきた。その結果として、今、国家は国民に奉仕するものだという考え方が、なんとなく当然のこととして、支持されるようになってきている。国民に奉仕するためにお金がいる。そのために税金を取っているのだということになっている。

今私たちは、国家というものは、私たちの生活を快適にするべく、いろいろな政策を実施する組織ということになっている。しかし、国が私たちに給付することのできる原資は、基本的には私たちが支払った税金以上の給付を求めることはできない。公務員などの給料などを考えれば、もっと少なくなる。何でも国に頼めば、国が何とかしてくれるとつい考えてしまっているが、なんでも国に頼んでいいのだろうか。なんでも国に頼もうという考えは、良くないのではないだろうか。歴史的には、こうした機能を国家に求めるようになってきたのは、ごく最近のことだ。それまでは国民は収奪されるだけの存在だった。

今の今、国が果たしていること、国の役目とされていることを考えていくことにする。

国家は、国民を幸福にするために存在している。そしてそれを実現するために、税金を国民から取り、その税金を使って国民を幸せにする施策を、行っていることになっている。そして、そのためには、組織が必要で、その必要な組織は、膨大な官僚機構となっている。この官僚機構が国民の生活を満足させるべく機能していく事になっている。これが実際に建前通りに行われているかどうかは、定かではないが、建前上はそういうことになっている。それについてどうこう言うつもりはない。ただ本当にそういうことになってほしいと思っている。

現代の国家は、選挙によって選ばれた国会議員によって運営されることになっている。国会議員は選挙で選ばれるので、選挙で選ばれなければ国会議員にはなれない。こうした枠組みの中では、国会議員は選挙で選ばれる政策を主張するようになる。選挙で選ばれる政策というと、いわゆるバラマキ政策になる。一般大衆も、政治家も金は政府から、引き出せばいいと思っている。どちらも自分の懐から出すのではないので……。無限の財布を持っている政府ではないのに、なんでも政府が出すようにしたらいいと考えている。現在の政治家は、このように一般大衆の目先の利益を重視し、国家として本当に必要な政策を後回しにしてしまっている。

例えば、所得税の減税を行い、それによる減収を間接税（消費税等）の増税によって賄おうとしている。所得税は累進課税で所得の再分配の機能も持っていた。そして消費税の増税は、低所得者の負担が相対的に大きくなるものだ。しかし、世界の大勢は、間接税に税収の多くを頼るようになりつつある。そのような状況で、本当に国民全体を幸せな状態に持って行くことが出来るのだろうか。大きな疑問を持ってしまうのは、私だけなのだろうか。

例えば、年金。年を取ってできるだけ多くの年金を受給したいのは、もっともだ。しかし、自分の必要な年金の額の全部を、国が賄うべきなのだろうか。国が年金として支給する元手は、国民から集めた税金であるから、年金の支給にそこまで使うと、他のことに使うことが出来なくなる。国民から集めた税金のすべてを、そうした政策に使えるわけではない。国が抱える組織を維持、運営していくためにも、相当な資金がかかる。

国は国民の生活のすべてに、責任を持たねばならないと考えるのが正しいのか。国はどのあたりまで、国民の生活に責任を持つべきなのか。これは、非常に難しいことだ。

こうした事とは別に、国はいろいろな課題に悩んでいる。そのひとつに財政赤字の問題がある。これは、先に述べた問題とも関連がある。歳入額より、より多くの歳出をしているので財政赤字になっている。その多くの歳出は、公共事業費（景気対策としての……）、社会保障関連費に使われている。これらへの支出については、社会全体から今以上の支出を要請されている。そういう雰囲気が社会にあふれている（どこまで政府が責任を持つべきか考えるべきだ……）。

国の財政が赤字になる最大の原因がこうした事にある。

そして、これらの不足分は、国債を発行することで、賄っている。今では、国債費は政府の予算の歳入の何割かを占めている。個人と国では違うと思うが、個人の場合で考えると、毎月の収入の2～3割が借金であったら、すぐにその個人は破産することになる。幸い借金しているのは国であるので、個人のようにすぐには破産にならないが……。お金が足りなくなれば、国はお金を印刷して創り出すことが出来る。これは、おこなっても良いことなのかどうか、私にはわからない。

　しかし、これは日本だけでなく、世界中の先進諸国においてもなされている。**こうした事を行っても、世界経済に何の影響も与えないのだろうか、疑問に思うことだが、今のところこうした事による不都合は起こっていない……。**

　国会議員が国会で法律を作り、そこで審議し、可決して新しい法律が出来て、行政が進んでいく。これが現代の民主主義の社会であるが、これで、うまくいっているといえるのだろうか。

　社会は複雑な組織を作り、これらの組織は階層状になっている。これら組織の先端部分で起こっている様々な問題に対して、それを解決していくためには新たな法律が必要で、その状況を分析し、どうすればよいかを考えるには、何年かに一回の選挙で選ばれる国会議員に、任せておいていいのだろうか。

　例えば年金額を決定する、あるいは変更するのに、選挙で落ちればただの人である議員が、それを変更する必然性、変更する幅等、そしてその財源などを決めるために必要な情報を持っているだろうか。私は持っていないと思う。こうした情報を持っているのは、官僚だ。だから、国会の答弁に官僚がいなくては、国会が進まないし、官僚がいなくては国会の立法機能も成り立たなくなっている。

組織化が進み、その組織の階層化が進んだことで、あらゆるところで専門化が進んだ結果、国会の立法機能に官僚の存在がなければ、国会はその機能を果たすことが出来なくなっているのだ。官僚という組織は、国だけでなく、地方自治体においても、実務を担っているだけ、その実務について一番詳しい。その実務に必要なことは、毎日その業務をしているわけだから、当然その実務のすべての面を知っている。その官僚を、昨日今日その業務の担当になった大臣などがどうこうしようとしても、いろいろ必要なことを、官僚に教えてもらわなくては、全く何もできないのではないか……。もちろん、高度な政治的判断は政治家がしなければならないこともあるだろう。

専門化は組織を作り、集団化を果たした結果、その組織は、その専門化した部分を担当する職員が一番詳しいことになり、専門外のものは専門の詳しい情報を知らないし、知ることが出来ないので、正しく対応することが難しい状況に陥ってしまっている。これは大変な問題だ。しかし、国全体で何が必要かを、官僚組織は考えていない。ここのところは政治家に頑張ってもらわなくてはいけない。

政府の組織は、公共団体として存在している。

政府が管理する組織と、地方自治体が管理する組織がある。そしてそのどちらも、官僚という役人がいて、その官僚が日常的に毎日の事務作業、日常業務をこなすことになっている。そして実際にそれらの業務を行っている。これらの業務は、この最初の組織化（集団化）と分業化の部分で述べたように、本来は自分の仕事だったものだ。組織化（集団化）と分業化が進んで、今の様な組織を作り出した。組織には作られた当時には、明確な目的があった。そしてその目的を達成するために日常の活動をしていた。最初は、それらの業務量はしれたものであった。そして、それらの業務をこなすために、何人かの人々がそれらに当たった。最初は、毎日しなければならないほどの業務はなかったので、たまにそれらの業務をするだけで、それらの仕事は出来上がったかもしれない。しかし、社会が大きくなるにつれ、常に専門にする人々が必要になっていき、ひとつの組織となった。さらに社会が大きくなるにつれて、ひとつの組織だけではその業務をこなしきれなくなって、一つの組織を、二つの組織に分けることで、業務をこなしていくようになっていった。時間がたっていくにつれ、この様な形で組織は、新たに分裂し、分裂した組織は、その当初こそ、元の組織より小さなものだったが、いつのまにか元の組織のサイズになっていった。

組織は国が大きくなるにつれて、どんどん単細胞のアメーバーが、自己増殖するように、増えていった。そして分裂して新たな組織になった時、その職務は以前からの業務と、増えた業務を行うこととなった。組織は組織自体が、新たな仕事を見つけ出し、その業務を追加していく事でどんどん大きくなっていき、大きくなると自己分裂することで新たな組織を作りだしていった。こうしてできた組織はまた組織同士で組織化され、分業化して、階層構造を作っていく。

こうして出来てきた組織は官僚制と呼ばれる。官僚制度は必要なモノだ。しかし、ほうっておけば組織は無限に大きくなっていくものだ。

民間の社会の間でも同様のことが起こっている。電動機付自転車をつくっていた会社が、自動二輪車を作るようになり、四輪の自動車を作るようになり、さらには軽飛行機を作って売るようになっていった。この間に、部品を買い集めて、電動機自転車をつくっていたところから、重要な部品は自社生産するようにしたり、関連の会社を作り、そこで製造するようにしていく事で、別の会社を立ち上げ、その会社はその会社で、その部品に集中することで新たな需要に対応出来るようになり、子会社としてだけでなく独立した会社として、新たな組織となっていった。現在、一部上場企業では、子会社、関連会社、関係会社等と、とても大きな階層を作り、企業と企業の間においても、組織化と分業化が合理的になされている。

組織化と集団化において、民間と政府に大きな違いがなく組織は作られ、分業化は進められている。しかし、ひとつだけ大きな違いがある。民間における組織は、効率的でなければ、その組織は淘汰されることがあるのに対し、政府の組織にとっては、その淘汰は全く起こらないことだ。これは非常に重要なことだと思う。淘汰されるということは、自分の所属している集団、組織がなくなるということだ。そしてそこで働くことによって収入を得て生活していた人々にとっては、収入がなくなり、生活することが出来なくなることだから。だから人はそうならないために、自分の集団がなくなることがないように頑張るだろう。しかし、自分の所属している集団、組織が絶対になくならない政府系ならば、なくならない保証があるので、民間の組織とは違う対応になる。人間というものは、自分の安全が保障されると、自分の組織を自己増殖させようとする。自己の権限を確立させ、さらなる権限を確保しようとする行動をとるようになる。

こうした形で、組織は民間であっても、政府であっても組織はいったん作られると、当初の目的とは別に、組織自体の構造から自らの分身をどんどん作っていくようになる。組織には必ず歯止めが必要なのだ。不要になればその組織は解散する、不要になれば解散させる仕組みが必要だ。

組織化と分業化が進んでいる事例として、別の面から考えてみよう。

日本の抱えている環境問題について考えてみよう。環境問題といっても様々な環境問題がある。工場からの排水、排煙などの問題、工場で製造された製品に関する問題等。ここでは、自動車から排出される排ガスの問題について考えてみる。これらについては、環境省によって排出基準が設定され、それに基づいて規制がされている。設定された排出基準はどうして決定されるのだろう。これは、環境省の担当課によって決められる。担当課の人は、日々この業務をしていて世界各国のそれぞれの国において、どんな基準を採用しているか等も調査している。そして技術的に可能な水準なども調査している。そして日本においてはどんなレベルを採用すれば、輸出産業としての競争力を維持していけるか。こうしたことを考えつつ、そうした規制などを設定している。これは、個々の人間が一人ではできない。専門に一日中、そして何十年もそうした仕事していて、初めてできる仕事だと思われる。例えば選挙で当選してきた人が、自動車に興味があるからと、ある日突然に、そういう規制を設定する立場に立ってすぐに出来るものではないと思われる。

現代の社会はとても複雑になったので、ひとりの人間の力で、組織をきりもみして、運営できる社会ではなくなっているのだ。だから、組織が生まれ、分業化が進んできたのだ。これはあらゆる面で起こっているのだ。

元来、人間は〝衣食住〟のすべてを、自分の力で調達していく動物だった。〝衣〟であれば、自分で生地を用意し、その生地を使って自分の衣服を作った。〝食〟であれば、自分で歩き回って、果実を見つけたり、小動物を捕まえて食べた。そして〝住〟であれば、自分で自分の住む場所を探したり、自分の住む場所を作り出すものだった。しかし、組織化と分業化のおかげで私たちは、仕事をすることによって、給料を得て、その給料で日常の必要なモノを買い、それらを消費することで生活をすることが出来るようになった。いわば、本来なら自分でしなければならないことを、他人に委託していたということです。この一人ひとりが自分でしなければならないことを、小さく小分けして、分担して他の人にしてもらうようになっていったのです。自分の権限を、小さく小分けして自分で行うもの以外を他のものにしてもらうようになった社会を、私は、**権限移譲社会**ということにしています。

現実の社会では、どういう形になって表れているでしょうか。

私たちが住むところは、通常自分で建てることはありません。建築家に建ててもらいます。そして、毎日の食糧は、スーパーへ行き、買い物をします。家に帰って、台所で調理して、食べます。

こうしたパターンはさらに進化していきそうです。住宅の掃除は電気掃除機などが出来てきて、掃除にかける時間はどんどん減ってきています。衣料の洗濯に関しても、洗濯機が出来ています。最近は洗濯して、乾燥させるところまでできる様になってきています。そして食事に関しても、調理済み食品や、冷凍食品、ガスレンジ&オーブン、最近では電子レンジが登場しています。こうした機器は、調理にかける時間をどんどん減らしていっています。そのうえ、外食産業の発達があります。こうした傾向はますます強まっていくと考えられます。権限移譲社会はますますその傾向を強めています。その先には、男女の協力による家庭生活の新しい形があるのかもしれません。

この権限移譲社会はこれからもどんどん進んでいくような気がします。そして、それは誰にもとどめることはできないのかもしれません。

⑤富が偏在するようになっていく事について

経済の成長で一番大事な要素は、土地・労働・資本だ。その中でも、資本が特に重要だ。資本による投資の額が、経済の成長を左右する。経済成長は、投資を継続して行うことによってなされる。そしてこれは、投資を行うことが出来るモノが、経済成長をするということで、すなわち、金持ちは、どんどん金持ちになっていくということだ。

個人においても、会社組織においても、さらに国という規模においても、裕福な個人、裕福な会社、裕福な国が、新たな投資をすることが出来る。新たな投資をすることによって、裕福な個人、裕福な会社、裕福な国が、新たな成長をしていく事になる。そうすると、裕福な個人、裕福な会社、裕福な国が、益々裕福になっていく事になる。富の偏在化が、ますます進んでいく事になる。

この問題に対して、どうしていくか、考えなくてはならない。

現在のままの私有財産制は、この点において、考え直す余地がある。私有財産制はこのままでも良いと思います。しかし、それが全部、子孫に相続されるということは検討の余地があると思います。

⑥世界政府が必要だ

多国籍の企業が国という枠を超えて活動し、世界の物価が同じ水準になろうとしていく時代になってきている。また、世界中の国で、海外旅行がブームになっている。これは明らかに、世界が一つの社会になろうとしていることの現れだ。世界政府が必要だ。

毎年世界中の国々が集まり、共通の政策課題に取り組むようになっている。世界各国の財務大臣が集まり、世界共通の経済政策を取ろうと話し合いを重ねるようになっている。これが世界政府でなくて何だろう。世界政府そのものだ。もうすでに、世界はひとつの世界になっているのだ。個々の国々の力が強く、個々の国々を、コントロールすることは出来ていないが……。

それでも、世界はひとつになっている。そして、今の世界政府は財政基盤がとても弱い。寄付によって運営される集団だ。早急に寄付による収入から、**確実な課税による収入が得られるように変えなければならない。**

⑦今の状況①先進国

産業革命は、人類の使うその動力を自然の動物から、人工の機械動力へと変えた。これは本当に大変なことだった。産業革命の結果、世界をひとつのモノとし、同時進行している世界へと変えてしまった。革命の当初は、産業革命を済ませた世界と、産業革命をまだ済ませていない世界とに分けられた。そして、先に産業革命を済ませた世界は、まだ産業革命を済ませていない世界を植民地としてしまった。今まで別の世界として存在していた世界が、被植民地として今の世界に強力に引き付けられ、今の世界と一緒に進んでいく事を余儀なくされた。こうして、全地球上の世界が一つに繋がってしまった。ひとつに繋がってしまった為に、歩みは同じ歩調で進むようになった。同じ歩調で進むといっても、仲良く協調していたわけではなかったが……。仲良く協調するどころか、国と国は激しく競争し、勢力争いをして、国家と国家の戦争、さらには国家群と国家群との戦争さえ起こした。第一次世界大戦と第二次世界大戦だ。これらの戦争は、ますます世界中を一つの世界として、同じ歩みをさせていく事となった。

現在の国際連合または新たな国際組織の収入をどこに求めるか

〔1〕世界の各国のそれぞれに対して、国民総生産に対して課税。

〔2〕貿易に対してかけている関税をすべて国際組織の収入にする。

……等々、独自の収入を考えださなくてはならない。

ここで話を少しだけ戻って考えてみたい。産業革命は動力を人工のものとした。科学の力で、新しいものを作り出す力を得たということだ。産業革命は今までになかったモノを新たに大量に作り出すことができるようになったということだ。産業革命は自動織機、蒸気機関車を作り出したことで始まった。これらのものは、今までなかったモノだ。なかったモノが新しく作り出されるようになった。経済的な面では、全く新たな需要が生み出されたということで、新たな富が創造されたということだ。産業革命は、今まで存在しなかったものを作り出し、その存在しなかったものは、とても便利で役に立つものだった。そして、新たな富を創造した。

第一次世界大戦、第二次世界大戦頃は、先ほど述べた今まで存在しなかったものを創り出して、そして、それらを大量に作り出した社会だった。それらのあるものは、武器として使用され、人を殺すためにとても便利なものとして使われた。第一次世界大戦、第二次世界大戦では世界中の国々が二つの陣営に分かれて戦争をしたため、非常に多くの人々が死んだ。しかも、20～40～50代の男の人々だった。戦争が終わって、これらの人々はそれぞれ自分の国に帰った。帰った人々は国に帰り、全世界に共通するベビーブームを起こした。全世界が同じリズムにのって、進む時代になったのだった。

現代に生きる我々は、今までなかったモノが新しく作り出される時代で、全世界に共通して起こったベビーブームの時代に生きてきた。この時代は非常に特殊な時代でもあったと今は考えることが出来る。全世界が歩みを同じくして、同時に足をそろえて歩いていくようになったということだ。

少し具体的に私が育った時期を振り返り、この時代を考えてみよう。

私はいわゆる団塊の世代だ。いわゆるベビーブームの真っただ中だ。

第二次世界大戦が終わった後、世界中がベビーブームになったのだ。つまり、私たちの世代は私たちの世代でない人たちの世代よりも、3割ほど人数が多かった。人数が3割多いということは、あらゆる商品が3割多く必要とされるということで、経済の目で見ると、何の努力もしないで前年の売上が、3割上昇するということだ。経済的にこれは凄いことだった。これが、このブームの世代の人々が、生きて生活している期間ずっと続いた。**これが第一**。

産業革命以後、今までにないものが作られ、それは便利で都合の良いものだった。非常に多くのものが新たに作られるようになった。私たちが身近に感じた例では、三種の神器といわれた〝テレビ・洗濯機・電気冷蔵庫〟という商品が作られ、私たちはこれを購入することが、夢だという時代があった。**これが第二**。

第一と**第二**が同時に起こったのが、第二次世界大戦後の世界だった。人口が3割も増え、今までなかった商品が作られ、その商品はその当時の人々の生活を豊かに便利にするものだったので、その当時の人々は先を争ってそれらの商品を買い求めた。結果、これまでの世界は成長するのが当たり前、成長することを前提に物事を考えるようになってしまった。

　ところが現代になって、そうはいかなくなってきた。人口は世界全体でみると増えてはいるが、先進国では人口減少が問題となってきた。人口が減少するということは、需要が減少するということだ。そして、我々は豊かになり、我々の生活をさらに豊かにし、便利にする新しい商品も少なくなってきた。我々の生活を豊かに便利にした商品も、ほとんど我々は持ってしまっていて、我々が購入するものは、今あるモノの、買い替える必要のあるものだけになってしまった。もう、我々が今持っていなくて、その商品を買うことで、我々の生活を豊かにし、便利にする商品がなくなってしまった。世の中が、変わってしまったのだ。だから、経済は成長することが出来なくなってしまったのだ。**先進国は成長出来ない経済の状態**に陥っているのだ。但し、開発途上国では、まだこれからも成長することは出来る。なぜなら、人口は増えていくし、まだまだ、持っていないものがたくさんあるから……。

　先進国では欲しいものをすべて手に入れてしまい、新たに欲しいものがないという時代になった。**先進国は更新需要だけの世界になった。**この様な時代の今、先進国においては、経済が成長するということはありえなくなった。経営者は需要が弱い状態では、新たな設備投資をする理由がないので、運転資金があまりいらなくなるので、借入をする必要がなくなる。需要は買い替え需要なので、今までのような大規模の最新の設備ではなくても、小さな設備で十分な状況になった。設備が余ってくる。人員も余ってくる。経済の成長どころか、縮小してしまいかねない状況に追い込まれている。しかも、先進国においては人口も減っていっている。当然需要も、減っていっている。当然デフレの状況に陥る。今の先進国の経済はこうした状況に陥っているのだ。

⑧今の状況②新興国・開発途上国

新興国や開発途上国はかつて先進国が産業革命以降辿ってきた経済発展をしていくだろう。政治的に安定して、投資が安定的に行われれば……。

土地、労働、資本で比べて見れば、新興国や開発途上国は土地も労働も安い。資本は残念ながら、先進国にはかなわないが……。しかし、農業や軽工業であれば、大きな資本は必ずしも必要ではない。つまり、農業や軽工業であれば、新興国や開発途上国で、充分工業化をすることが出来る。そして、その商品は輸出することが出来る。輸出することで外貨を稼ぐことが出来る。そして、その国は発展していくことが出来る。そして、少しずつより高度な工業へと転換させていけば良い。有効な資源があれば、それを軸に、経済を成長させることも可能だろう。設備は一番最新のモノを採用するようにしていけば良い。但し人材は自国の国民を、教育によって育てておく必要はある。
農業に関しても、灌漑設備、近代農法を導入して、生産力をアップさせることが出来る。そして、先進国の物価は非常に高いので、輸出することが出来るようになるだろう。ただ国内の需要もあるので、思ったほどは、外貨を稼ぐのは難しいかもしれない。

先進国の産業革命以後の発展は、初めての経験だったので、いろいろな試行錯誤があった。しかし、今追いかけて発展していくときは、その試行錯誤を飛ばすことが出来る。そして、いきなり最先端なモノを使えばいいので、途中の段階を飛ばすことも出来る。例えば、固定電話の投資を省くことが出来る。そして、携帯電話の投資も省くことが出来る。いきなりスマホを整備すれば良い。このために、後からの発展は、こうした面で重複する投資を避けることが出来る。この様に、新興国や開発途上国は先進国よりも、より合理的な発展ができる。だから、スマホなどの普及は先進国とほとんど変わらない。

新興国や開発途上国においては、家電製品などは今までなかった便利な商品なので、これからもドンドン売れていくだろう。そして、それとともに経済は発展するだろう。そして、経済の発展とともに人口もこれからしばらくは増加していくだろう。これからしばらくは、経済の発展は新興国や開発途上国が中心となるだろう。

その後、先進国で人口減少が問題になっているように、人口の伸びが止まり、人口が減少することになるだろう。そうなったとき、相当な未来だろうが、全世界はほぼ同じレベルになっているだろう。そんなに簡単ではないといわれるかもしれないが、趨勢としてはそうなっていくだろう。そういうふうにしていかなければならない。

政治的に安定して、投資が安定的に行われれば、こういう形で、発展できるだろう。しかし、残念なことに、アフリカ大陸の一部にそうした状況に置かれていない国があるようである。これはその国々がどう頑張ろうと、自力では突破できないようなので、先進各国の、協力と援助が必要だろう。世界が一つになる為に先進各国がまとまって、協力することが必要だろう。

⑨シンギュラリティ

先進国や開発途上国はそれぞれ課題に覆われている。そして、すべての国に共通して、問題になっているのが、現代の科学技術の発達の速さだ。現代の科学技術の発達は凄い。

飛行機が初めて空を飛んだのが１９０３年（ライト兄弟）、人工衛星が地球の周りを飛んだのが１９５７年（スプートニク1号）、初の月面着陸が１９６９年（アポロ11号）。こうした科学技術、ロケット技術の発達を見てみると凄い。空を飛んでみたいと願っていた１９０３年から、たったの66年で人類は月へまで飛んで行って帰ってくることが出来るようになった。この発展には改めて、目を見張る。しかし、この様な発展が、人類のあらゆる分野で起こっていて、しかも、そのスピードはさらに加速をつけている。これから、50年経った時どうなっているか想像することも出来ない。

なぜスピードが速くなってきているのか。これからも、スピードは上がっていくように思う。それは、今の社会を、改善させていく力、教育が進むことによって、社会を改善させていく力を持つ人間が、どんどん増えていっているからだ。

昔は、社会を構成するごく一部の人しか、知識がなかった。大多数の人は、知識がなかったから、物事を改善する力を持っていなかった。しかし、今は教育が普及し、知識は公開されて、物事を改善する力を、大多数の人が持つことが出来るようになってきている。

社会の進歩のスピードが速くなってきているのは、社会を改善する力を持つ人がすごく増えているからだ。社会を改善する力を持つ人は今後、世界の人口と同じになるだろう。そして、そうした人々は、ネットで結ばれるだろう。新しい発見は、瞬時に世界中の人々に伝えられ、世界中の人々は、ここからスタートをすることになるだろう。だから、この先は、もっともっとスピードは速くなるのではないか……。

宇宙に関する技術や知見、遺伝子（生命）に対する技術や知見、脳や人体に対する技術や知見。これらは、いずれも素晴らしいレベルに達しているようだ。人体の改造、新たな生命などの創造、ＡＩ技術の発展等。

こうした科学技術はいずれも、これからの人類の生活に大きな影響を与えると予想されている。具体的に我々の生活がどう変わるか予測するのは難しい。そして、今の私達にそれを予測する力がないことも確かだ。何が実現し、その実現が我々に、何をもたらすかは、我々にはわからないだろう。その実現をもたらす当人、もしくはその当事者でさえ、正確には予測できないだろう。

こうした状況にあっても、当事者たちがそうした事について、一番よく知っているのは間違いないだろう。こうした時に一番良い方法は、こうした事をもっともよく知っている人たちが、それをコントロールすることだと思う。自分自身がよくわからないことを、コントロールしようとすることは不可能なことだと思う。

新しい技術を正しく判断し、社会に対してどのような影響を与えるかということを、研究と同時に、技術者が考えることが当然であるような社会でなければならない。すべての研究者が人類の運命について正しく理解し、正しく行動するのが当然である社会にならなければならない。ごく一部の研究者が、研究に対する興味だけで、研究がなされると、社会はそうした研究のために破滅を迎えてしまう可能性もあるだろう。

そうならないために、人類共通の倫理が必要だと思われる。

私たちは、本来こうした事に対して、自分の意見をしっかり発言しなければならない。しかし、今私達はこうした最先端の研究に対してわからないことだらけだ。だから、こう

した事柄に対して発言したくても、発言できない。だから、こうした事柄に対して詳しく知っている人々が、発言して欲しい。発言するべきだ。

権限移譲社会ということは、自分がよく知っていることには、責任をもってすべての人にとって良いようにしていくという責任があるのだ。すべての人が自分のよく知っていることに対して、責任を持って、すべての人に良いように判断していく事によって成り立つのだ。

こういう人類共通の理念を確立させなければならない。

そしてこうした理念が実行されていないと分かった時、それを社会に訴え、直そうと提案することが出来るシステムが必要だ。

理念に合わないことを発見したり、気付いた時には、誰もが自分の身体に対する危険を負うことなく、訴えることが出来るシステムが社会に用意されることが必要だ。

コンピュータの発達が凄い

ビッグデータを解析できるコンピュータが出来、ディープラーニングの技術を画像認識に使い、そして、ＡＩによって国内のすべての人間を、監視、管理することが可能になってきている。そして、こうした技術を、独裁者が自分のために使うことが実際に起こりつつあるような気がする。

コンピュータ技術の発達の速さは、私たちの想像をはるかに超えている。一部のＳＦの小説の中の世界のように、コンピュータが我々人類を統治する世界が目の前に迫って来ているような気がする。

本当にそうしたことが起こるかどうかはわからない、しかし、技術的には可能なことだと思われている。恐ろしいことだ。

3章　私の提案

必ず実現したいことを挙げてみようと思う。それは、五つだ。同時に全部を実現させることが出来ればいいが、その中のどれでもいいから、実現させやすいモノから、実現させていけばいいと考えている。もちろん、一つよりは、二つ、二つよりは三つを実現させるのがいいのだけれど……。

①世界はひとつの組織に

まず、国際連合という名称を変えたい。地球国家連合というので、どうだろう。国際連合という名称でなければ、良いのだが……。考えて欲しい。

現在、世界は、実質的に一つの組織になっている。国際連合は、世界の国家たちが集まり、全世界に共通する課題について話し合いをするようになっている。しかし、話し合いをした結果に、その結論に強制力がないのが弱点になっている。そして、国際連合として活動するための資金も持っていない。資金がないので、独自の活動をすることもできない。だから、私は、国際連合に資金と強制力を与えるような仕組みを作ることを考えたい。そうすれば、現在の国連は、世界政府になっていくことが出来る。

まず資金については、独自に得られる資金として、加盟各国の国内総生産ＧＤＰに対して、その何パーセントかを国際連合が徴収するようにすることが必要だと思う。そして、次に各国が貿易相手国に対してかけている関税を、すべて国際連合の収入とするようにしたい。これらの関税は自国の都合でかけているわけだから、それによる収入を自国の収入とするとその国は、関税をかけない状態を作ろうという努力をしなくなる。物価は世界中が、基本的には同じ価格になるのが目標だから……。

次に多国籍企業に対する税金の徴収。多国籍企業は世界中に工場や営業所を持っていて、税制上彼らは自分に一番有利な地域、国に本社を置き節税をしている。こうした事が出来ないように、多国籍企業と認められる状態になった時点で、個々の国で税金を徴収するのではなく、国際連合が通常払うべき税金を徴収するように変更する。

多国籍企業の中には、現在国として存在している国よりも、多くの社員、多くの土地（会社などの建物、土地）を持っている企業もたくさんある。さらに、多国籍企業の予算の規模は、主要先進国の一部の国家予算よりも大きい。この様な企業に対して、普通の国では対応できない。国際連合が管理するべきだろう。その他にも、国際連合が収入を得るためにできることを、考え出して欲しい。

国際連合が世界の国々をまとめて、世界の国々を平和で豊かな国へ導くための組織であると世界中の人々が、考えるようにしたい。そのためにはどうしたら良いのか。世界はひとつという理念、世界はひとつにならなければならないという理念を、作り上げなければならない。その理念は、世界憲法という形にまで仕上げる必要がある。

私たちは、今までオートマチックに進んできた。その私たちは人類史上初めて、自分達で、自分たちの生きている社会をどのような社会にしようかと考えることが出来、そしてそれを実現させることが出来る状態の社会になった。簡単には実現できないだろうが……。

そしてこの地球上には、多くの人種が存在しているが、私はこの多くの人種の人々と、すべての人々と、仲良く生活していきたい。仲良く生活していける社会になって欲しい。私と同様に、すべての人がそういうふうに思い、実際にそうなることを望んでいると思う。自分達だけが良ければ、他の人の事はどうでもよい。そんなふうには、考えてはいけないと思う。

だから、この地球上に住む人類は、すべて同じように扱われるべきだ。住んでいる国や地域によって、違う法律が適用されるのはおかしい。世界の法律は共通のモノになっていかなくてはならない。**モノの値段は世界のどこで買っても同じであるべきだ。みんな同じ地球上に住む人類なのだから、同じ法律、同じ社会の仕組みのもとに生きていくのが、私たちにとって、一番良いのだと思う。それを実現するために世界政府が、そしてその政府を規定する世界憲法が必要だ。そして、世界中が同じ法律によって運営されるようになるべきであると思う。**

これから、世界中の人々と一緒に世界憲法を作るようにしていきたい。世界憲法を作るためには、**世界の人々がすべて同じ立場に立つことが必要である。**立場が違えば、考え方も変わる。しかし、同じ立場に立てば、同じように考えることが出来るだろう。そして、世界の人々にとって同じ立場であるということは、我々はこの地球上に住む人類であるということだ。そして、人類は、すべて対等で、すべて差別なく扱われ、自由に生きることが出来なければならないということだ。この立場から、世界憲法を考えていかなければならない。

世界憲法には、明確な理念を盛り込みたい。
①我々は地球人として、意識を持つようにしたい。↓地球人という意識
②我々は地球人として、すべての人類と対等に付き合いたい。↓地球人は対等で平等
③我々は地球人として、行動したい。↓自由を保障された独立人として他の人々とかかわりあいたい

①〜③を実現するためには、当然〝自由・平等・民主主義〟の理念もまた尊重されなくてはならない。

すでに、〝**自由・平等・民主主義**〟は、現代の社会でかなえるべきものとされ、そして、それを実現させているのが現代の社会とされている。しかし、本当に完璧に実現されては、いないが……。〝**自由・平等・民主主義**〟が実現していない国も存在しているのも、現実だ。

色々問題があるのも、現実だ。我々の社会の中ではすでに当然のこととされているが、上記①〜③の事柄を実現するために、これら3点を念頭に置いて世界憲法を作るべきだ。

実際にどのようなものにするかは、これから世界中の人々と考えていきたい。**まずは上記3点の理念を普及させることが先決になる。**

人と人が付き合うときには、それぞれ生まれ育ってきた環境が違う。それによって考え方も違う。価値基準も違う。そうした人間同士がうまく付き合うためには、共通の立場が必要だ。この事を明確にしたうえで、交際をしなければならない。地球人であることは、明確であるがそこで**一緒に生きている仲間であるとまで**意識しないと、一緒に生きていくことが出来ないのではないだろうか。

そうすることによって、共通の立場に立つことが出来る。そしてそれが、第一歩になる。しかし、それはこの地球上のすべての人間がそう考えるようにならなければならない。**そういうふうに考えることが普通であるような、教育制度が必要だ。**

②理念に基づいて、組織の改編

前項で述べた理念に基づいて、国という社会の組織や企業という組織を改編したい。

（1）我々は地球人として、意識を持つようにしたい。↓地球人という意識

（2）我々は地球人として、すべての人類と付き合いたい。↓地球人は対等で平等

（3）我々は地球人として、行動したい。↓自由を保障された独立人として他の人々とか

（1）～（3）を満たすことが出来る組織に改編したい。（1）～（3）を満たすということは、当然、自由、平等、民主主義も満たさなければならない。これらの理念はすでに、現代の民主国家では当然のこととされ、これに反する法などは、ありえない状態である。しかし、完全にそれらが守られているとも言えないのも事実だ。「完全であるようにしなければならない」と、主張する気持ちはない。なぜなら、これらの概念は同じ国にあっても、その時々によって微妙に変化するものだから。先ずは、その時々に合わせて、必要なことを、必要なように、変更していくことが出来れば、良いと思う。まずそういう体制に、自分達の国を持っていくことが大事だと思う。自分の国で出来ることから、少しずつ実現していく。そして、一歩先んじた実践を行っている国があったなら、次に続く国は、次に、それを真似て、後を追いかけて行くようにすれば良い。それが出発点になる。

現代の民主国家は、数えてみると意外と少ない。しかし、現代の社会をリードしているのは現代の民主国家だ。王政の国々もある。軍事政権もある。現代は様々な国家が寄り集まって、国際社会を創っている。非常に複雑な状態だ。

今ここでは、（1）〜（3）を満たすことが出来る組織に改編するために、何をするべきかを考えたいのだ。
今の社会は、組織化と分業化、そして集団化が進み、そこに住む人々は、自己の権限を、社会の組織や集団に委任した状態になっている。私はそれを権限移譲社会ということにしている。権限を委譲した社会にあっては、個人は組織や集団の中の一部分でしかない。

これを日常生活のなかで考えてみる。

現代の社会では、私たちは仕事をする。どのような仕事であっても、一般人であれば、会社へ勤めその会社の中で割り振られて、担当とされた仕事をすることになる。会社の中では、**その担当となった仕事以外の仕事をしてはいけないことになっている。**担当以外の仕事は別に担当が決められているからだ。
今私たちは、社会に対して働きかけて自己の存在の意味を見出すということは、この作業（自分の担当する仕事をしている）の中で自己を見出さなければならない。原始、人はすべてをしなければならなかったのに……。分業化と組織化の中で我々人間は自己の権限を少しずつ、他の人間に与えてきたから……。自分の仕事以外は、他の人に、分業化と組織化の中で分担してもらっているので、消費者として生活していくことになる。

例えば、会社へ出勤するときには交通機関に乗って出かける。本来なら自分で歩くか何らかの方法を使って、そこへ出かけるはずだったのが、電車なり、バスに乗ることで、出勤することが出来る。仕事以外はすべて、人に分担してもらっているので、分担してその仕事をしている人によって、この場合は運んでもらうことになる。自分の仕事以外はすべてサービスとして、〝してもらう〟という立場になっている。

仕事をして、給料を稼ぎ、その稼いだ給料で本来なら、自分でしなければならなかったあらゆる事柄を、他の人に肩代わりしてもらって、その代価を貨幣によって支払う。

私たちの社会は、そういう社会になっている。それを権限移譲社会と私は名付けている。そうした社会では、**各自が分担されたことを、責任をもって成し遂げれば、社会はうまくいくはずだ。**

それだけでいいのだろうか。

社会全体の考え方が変わっていこうとしているときに、それだけで上手くいくだろうか。どんな時であっても、うまくいくような形になって欲しい。これは、しっかり考えなくてはいけない。

例えば、自分の仕事の中で、人類の理念に合っていないと思うとき、その疑問に声を上げて、社会全体で話し合うことが出来る仕組みが必要だ。そして、理念に合うように変更

していくことが出来なくてはならない。このために、どのようなシステムが必要だろうか。

自分の仕事の中で、自分の仕事が、人類の理念に合っていないと思うとき、あるいは他の人の仕事を見ていて、人類の理念に合っていないと思うとき、私たちは理念に合っていないと声を上げることが出来るように、しなければならない。「人類の理念にそれは合っていませんよ」と声を上げることが出来なくてはならない。


そして、それが本当に理念に合っているか、合っていないかどうかを判定する組織を作らなければならない。そう、憲法裁判所のようなものが必要だ。今の裁判所がその機能を果たしても構わない。新たにそういう組織を作っても構わない。それは将来に、それらが必要となった時につくれば良いのだから……。


理念といっているモノも、さらに煮詰めていって、〝世界憲法〟というものに、することも必要だろう。

おかしいと思うことに対して、これらの理念（世界憲法）の目指すものとは違うものに対して、訂正や、修正することが出来る形になって欲しい。

私たちの社会は今までオートマチックに進んできた。自分の意志で、今住んでいる社会を、どうこうしようということを全く考えないで生きてきて、結果が今の社会になった。しかし今私たちは、自分たちの未来を想像することが出来るようになった。想像出来るようになっただけでなく、創造することも出来るようになったのだ。自分の人生を生きるのに、自分の好む仕事を選び、そしてその職業に就いて人生を送ることが出来るようになった。

同じく私たちの社会についても、私たちのすべてにとって都合の良い社会を想像し、それを形にして、その社会にするべく憲法や法律などを決めることが出来るようになった。私たちはそういう時代に生きているのだ。―素晴らしいじゃないですか―

私たち人類が、理想とする社会を作ることが出来るんです。しかし、私たち人類のすべてが望む社会はどんな社会でしょうか。私は想像力が乏しいので、これが私たちの理想とする社会であると提示することが出来ません。でも、そのために必要な条件のいくつかなら、提示することが出来るかもしれません。これらが必要な条件のすべてではありませんが……。

私が思っているいくつかの条件をここで紹介したと思います。

（1）すべての人が自由であること
（2）すべての人が平等であること
（3）能力のある人がその能力を生かす地位を占めること
（4）自分の能力にあった仕事ができること

(5)能力のない人は、その地位をスムーズに交代できること

これらの事が実現できるような国の組織、企業の組織に少しずつ変えていくことが出来るような組織に、今の国と企業の組織を変えていくことが必要です。これらのすべてを今すぐ実現しようとは、これらのすべてを今すぐ実現することが出来るとは思っていません。現在の状況の中で、これらの状態に近づけるようにほんの少しずつ変えていくことが出来ればいいのです。そもそも、これらの事を本当に実現した社会が、どのような組織のものなのか、今私たちには想像できないのですから……。だから、これらの事を少しずつ実現していって最終的にすべてを実現すればいいのです。

すべての人が自分の住んでいる場所で、少しずつ実現していく事によって、結果として全部が実現しているという形でよいのだと思います。

③組織の設立の目的を明確にする

国

国という組織は、そもそも国をつくろうとして、つくったものではなく、いつのまにか出来てきたものだ。当然どのような仕組みのモノであるべきだとかというような、理想を持って生まれてきたものではありません。その国の範囲内において、もっとも強力な人々のグループが、自分達に都合の良い仕組みを作っていったら、その結果、国が出来たとい

うことなのです。ですから、国というものはもともとその地域内において、もっとも強力な人々のグループにとって都合の良いものだったのです。そこには、理想も、正義もなかったのです。現代の国家は市民革命を経て、民主主義国家となりました。しかし、現在の民主主義の国家は、一度で達成されたのではなく、何度も修正を加えられながら、少しずつ少しずつ現在の民主主義の国家になってきました。現在もなお少しずつ修正を加えられていっています。そして、これからも、少しずつより民主的な国家になっていって欲しいのです。

国家を、すべての国民にとって都合の良いものに変えていく為にまず理念を明確にしなければなりません。**今までの流れを考慮する必要はありません。すべての国民にとって都合が良いものにする。この事を、国家の大前提とすることが出発点です。**これから、国家を私たちにとって都合の良い仕組みに、変えていくときはここから、判断するのです。そしてこの基準に合わないものはすべて、変えていかなければならないのです。すべての人間は、これを基準にして、国を考えていくように変わらなければなりません。

この大前提を、すべての人々が受け入れ、この大前提に基づいて、考え、判断し、行動していけば、新しい国が生まれてくるに違いありません。

会社＝企業

会社＝企業というものは、企業が業務を通して、利益を上げるために、その資本の不足を補うために考案されたものです。ですから、その目的は〝利益〟を上げることです。会社の利益を上げる活動は、社会のためにもなっている面もあります。社会が必要としているモノを、供給しているのですから……。利益を上げるための活動が、社会にとって必要なモノを生み出しているということで、会社＝企業は社会にとって必要であるとも言えます。そうした面から考えると、会社＝企業は必要なモノなのです。

でも基本的には、会社＝企業は利益を目的とする組織です。そしてそれを目的としているので、利益のためには何でもする組織です。利益以外の目的はないのです。社会貢献のため、人々の幸せのためとうたっていても、それは嘘だと思われます。利益を上げた後、その一部を社会貢献のため、あるいは人々の幸せのための活動をすることはあるかもしれません。しかし、あくまでもそうした活動は、本業ではありません。

しかし、会社＝企業は至る所にあります。至るところにあって、活動をしています。利益を上げるために活動しています。そして、少しは社会のためにもなっています。こうした会社＝企業を社会のために役立つように変えることが出来たら、本当にいろいろなことのために役立つことが出来るようになると思うのです。

どうすれば会社は社会の役に立つようになるでしょうか。

ひとつの条件を付ければ、今のままでもいいのかもしれません。その条件とは、**社会のためになる間は、その会社を存続させ、社会のためにならなければ、解散させるようにすればよいのです。**会社というものをそういうものに、変えればいいのです。これは意外と簡単なことですが、実際にはとても難しいことであるかもしれません。会社とはそういうものだということにしてしまえばよいのです。会社の定款に、必ず明記し、実行されていなければ定款に書かれているように、解散させるのです。そのためには、会社は社会のためのものであるということを、すべての人々が、納得し理解するようにすればよいのです。株式会社から、こうした事を実行する○○会社に変更するのです。いい名称を考えなくてはなりません。今は思いついていませんが……。もちろんその会社は、社会のためになる会社ですので、税制などの優遇措置を与えるべきです。

現実には難しい問題もあります。

世界中にその活動範囲を広げている会社は、本拠地がどこにあるか判然としません。アメリカで生まれた会社であるのに、いつの間にかその本社が、タックスヘイブンの地に移され、ものすごく儲けているのに税金を納めていないなど、税金逃れをしているようです。これは、ある意味仕方がないのかもしれませんが、これは会社＝企業が儲けることを第一の目的としている限り、そうしたことを考えるでしょう。しかし、社会のためにならなければならないのだとすれば、別の対応を取るようになるでしょう。儲けたお金は、分配することが必要です。こうした事を、会社＝企業が行っているときに、チェックをすることが出来るようにしなければなりません。国や、その国の中の公正取引委員会などが、チェックしなければなりません。これも大事です。しかし、一番会社の内容をよく知っているのは、その会社の社員です。社員の中には仕事で直接かかわっている人が必ずいます。**そういう人たちに、チェックしてほしいのです。**これは、正しいことではない。正しいことではないと判断した時に、その人が声を上げることが出来、そしてその人が不利にならないような仕組みが必要です。こうした仕組みがあれば、そうしたことが起こる前に、止めることが出来るのです。

会社＝企業にはこうした仕組みが必要です。

④今の体制ははるかな昔から続いている体制ではないということ

私たちは、今の体制がずっと続いてきたように思ってしまいがちですが、現在の体制が出来上がったのは、ほんの１００年位前だということに、気付いて欲しいと思うのです。

ちょっと、１００年位前を見てみましょう。

第一次世界大戦　１９１４～１９１８年

世界中で新しい領土の取り合いをしていたヨーロッパの国々が、いがみ合っていたヨーロッパの国々が、ついに連合国と同盟国に分かれて、領土争いの決着をつけるために戦争を開始した。先に産業革命を終えて、海外へ乗り出した国々と、遅れて産業革命をして、後から海外へ乗り出した国々との戦いだった。

この戦いでは、先に産業革命を行っていた国々が勝ちました。この戦いでは強いものが勝つという〝弱肉強食〟、〝自由競争〟という論理がまかり通っていた。

この戦いの以前には、アメリカ合衆国の独立宣言や、フランスの人権宣言が出されていた。これらの宣言には、自由や平等などともに、国民主権などという現代政治の根本的な理念も当然のこととして、書かれていた。そして、この理念に基づいて政治は運営されるべきだということになっていた。しかし、第一次世界大戦後に行われたことは、〝弱肉強食〟、〝自由競争〟の論理そのものだった。

自由や平等などともに、国民主権などという現代政治の根本的な理念は、ヨーロッパの国々の中で通用する概念であって、それ以外の国々には、関係のないものと考えられていた。ヨーロッパ人以外は、こうした権利の範囲の外にいると考えられていたのです。

この時の世界政治には、人類全体に共通する正義というモノはなかった。地球上に住む人種は人類という単一の生物だとは考えられていなかった。世界は、強いものによる支配が当たり前だった。

第二次世界大戦　１９３９～１９４５年

この戦争も正義の戦いではなく、自国の利益を追求していった国々が、その利益を守るために行ったものだ。あとから追いかけていった国々と、先に十分な利益を確保していた国々との戦いだった。先に十分な利益を確保していた国々が、後から隙間に割り込んできた国々に対して、割り込めないようにブロックしただけだった。そして、その時に支配していた論理は、やはり〝弱肉強食〟、〝自由競争〟だった。

　しかし、この戦争のあと、戦争に勝った国が、以前行っていた植民地の分割も、負けた国の領土を分割するということも出来なかった。アメリカ合衆国の独立宣言や、フランスの人権宣言が、戦勝国にあからさまな〝弱肉強食〟、〝自由競争〟の論理を使えなくした。建前が無視されなくなり始めた。それどころか、当時、植民地にしている国々の中から、独立を求める声が出始めた。

　世界の国々は、単一の人類の子孫であって、自由や平等などともに、国民主権などという現代政治の根本的な理念は、すべての民族に当てはまるのだということが、世界の中で認められるようになってきた。こうした中で、民族が自分の力で、自分の国を持つのが当然だという考え方が、広く認められて、この延長上に新しい国家が生まれてきた。１９６０年代にアジアやアフリカでたくさんの国家が生まれてきた。これでようやく、自由、平等と国民主権の民主国家が成立し、存続できるようになった。これらの事で、世界中の国々が、すべて、〝自由で平等な国民主権の民主国家〟になるはずであった。しかし、現実はそうはならなかった。王政の国や軍事独裁の国家も出来た。

　建前上は民主主義を建前とする〝自由で平等な国民主権の民主国家〟になった。

　私たちの国家は、ほんの１００年前まで〝自由で平等な国民主権の民主国家〟ではなかった。この事を念頭に置いて考えて欲しいのです。今の体制が絶対ではないのです。ほんの100年位前に構想され、形作られてきたものなのです。ですから、今の体制を変えるということは、たいしたことではないのです。変えても良いものなのです。

⑤オートマチックから理想の社会へ、理想の自分へ

私たちの社会はオートマチックに進んできました。どのような社会を創ろうか、そんなことは考えていませんでした。ただ飢えない、餓死しないために一生懸命に生きてきました。そんなふうに、私たちの祖先は生きてきました。そうしたら、今の社会が出来てきました。今の私たちの社会になって、私たちは飢えない社会を実現しました。ですから、今まで人類が目指していた目標がなくなってしまったのです。

私たちはこれから何を目標としましょう。

それを私たちは考えて生きていかなければ、ならなくなったのです。どのような社会だったら、私たちは、楽しく生きていくことが出来るかを考えなくてはならなくなったのです。これはある意味、辛く、厳しくなったのかもしれません。

私も楽しく、私の周りのみんなも楽しく生きていける社会をみんなで考え、創りださなければならない時代になったのです。考えなくてはならなくなったのです。存在しないも

のを創り出すということは、辛く、厳しくなったのかもしれません。

同様に私たち自身も、自己の意図に関係なく生きてこなくてはなりませんでした。家族を飢えさせないために、何をおいても働かなくてはなりませんでした。自己の望みはなかったのです。自己の望みは家族が飢えないことだったのです。ところが今、私たちは家族のためにだけに働かなくても良くなりました。朝から晩まで死に物狂いで働かなくても生きていけるようになってきたのです。**そして、時間が出来ました。そして、その時間で色々なことを知り、考えることが出来るようになりました。**そして、教育も受けることが出来るようになってきました。自我を持つことが出来るようになってきました。そして、その自我によって、人は色々なことを考えることが出来るようになりました。飢えないために働くことから、家族のために働くことから、人は、自我を満たすために働くようになってきています。自分自身のために生きていくことが出来る時代になってきているのです。反対に、自分自身のために生きるということは、自分で目標を持つということなので、目標を探し出す必要があります。こうした点においては、目標を持てない人にとっては、辛いかもしれません。目標を持つことが出来る人にとっては楽しく、生きがいを感じられるようになるでしょう。目標を探すことは、難しいことだと思われます。目標を探すのにとても時間がかかったりします。あるいは、目標を探しているうちに、人生が終わるということもあり得るでしょう。

自分で、自分の思い通りに生きていくことが出来る時代が今来ています。自分の理想とする生き方を選択して生きていく時代なのです。自分の理想とする生き方を選択するためには、教育を受けて、自我を確立する必要がありますが……。そういった意味でも、教育はとても重要です。

ここでいう自分とは、ひとりの人間ということです。ひとりの人間ということですから、男性も女性も含めて、人間ということです。男性が社会に貢献したいというなら、当然女性も同じように社会に貢献したいと考えるのは、当然のことだと考えます。同じ人間なのですから。

今の時代はどのような社会が自分にとって良いのか。そして、その社会で自分自身がどう生きていくのか。すべての人が考える時代なのです。社会と自分とそして、他の人々にとって何が良いのかを考えて、実現させることが出来る時代なのです。

4章　具体的に

具体的に何をどう変えると上記の事柄を達成できるでしょうか。

これから述べる事も具体的にと言いながら、抽象的ですが……。

①教育を受ける機会の平等化をはかる

教育は生まれたときから為されなければならないと考えています。親の教育力に差があれば、ここで差が生まれます。生まれたときから差がつかないようにするためには、新生児の時から教育を始める必要があります。


本人が望み、学力があるなら、希望する学校に進学できるようにする。

経済的な面で、進学できない人をなくす。

このためには、奨学金制度を給付型を中心にして、「お金がない」から進学できないという状況をなくす。成績の優秀な人、後に社会のリーダーとなって社会を動かす能力のある人材には、学費を無料、さらに研修費という形で生活も支えるくらいの給付型の奨学金を用意する。

給付型の奨学金を充実させる。

②新たに社会に参加していく時点で、差がないようにする

親が金持ちだから、親が有力者だから、親が社長だから……。という理由で、大きな差を初めからつけないようにする。社会は能力のある人が、その能力に応じて、仕事をしていくようにするべきだから……。

社会は能力のある人が、その能力に応じて、そのふさわしい地位に就くようにする。当然その能力がないことが分かった時には、その地位をスムーズに交代するシステムであること。

機会の平等をはかる。機会の平等をはかることによって、その与えられた場で努力する人や、そこで能力を発揮している人が、十分にその能力を発揮できるようにする。

③財産の相続制度を変更する

すべての人が平等で、自由であることを実現するためには、相続財産制度を変更する必要がある。努力と能力によって財産を築き上げることはとても良いことだと考える。それは本人が頑張ったから当然のことだ。だから、その財産を最後まで責任をもって管理して欲しい。**その財産を有効に使い切って欲しい。**あなたたちの子供たちは努力をした結果、金持ちになったのではない。能力を持っているかもしれないが……。親が財産家や有力者であれば、その子供たちもまた、財産家や有力者になっていくというのは不公平だと思う。政治家もそこに含まれると思う。特に政治の世界では、本人の能力に関係なく親の意向、親の権力によって、その息子もまた有力な政治家となっている場合が多い。これは何とかして欲しい。何か対策が必要だ。**政治家の子供は、親の地盤を継いでは、政治家にはなれないようにするとか……**。

スポーツ界では、親がどれほどの実力のある選手であっても、その子供は、そのスポーツの世界での才能がなければ、通用しない。政治家の世界も、そんな体制に持っていきたい。政治家の世界も、スポーツの世界と同じようになって欲しい。こうした体制に持っていく為には、親の社会的地位などは相続することはできないようにすることが必要だ。そして、能力のある人が、その能力を発揮できる地位につくことが当然であるという社会の常識を確立させることが必要だ。そのためには、財産の相続制度は変更しなければならない。財産のほかに、**親の地位を相続するということも、できないようにしなければならない。**

④人類の理念を作る

ここに一つの例としての提案です。これは、たくさんの人々が集まって創り出すことが必要ですが……。とりあえずの提案です。

理念
（1）すべての人が自由であること
（2）すべての人が平等であること
（3）能力のある人がその能力を生かす地位を占めること
（4）自分の能力にあった仕事ができること
（5）能力のない人は、その地位をスムーズに交代できること

人類の理念に合っているかは、我々の一人ひとりが、自分で判断でき、その判断に基づき行動することが保障されていること。新しい世界国家は今ある組織が新しく編成しなおされ、一部は新しい機能を果たすべく、従来の機能に追加されていくようにする。

⑤組織を改編する

国などについて

今の形になる過程において、国民主権、民主主義を達成しようとしたこともあったが、国民というものは、明確な敵に対するときはまとまることは出来ても、その敵が消滅した時には、元々のバラバラなグループの集まりに戻ってしまう。結果として、現代の社会では、**そうしたグループの中で一番まとまっている人たちのグループが、その社会を牛耳ることになってしまった。それらの人たちは、民主主義の社会の中で、一番有利で、得をす**

る人たちだ。当然彼らは一番有利で、得をする立場を手放さないようになる。それどころか、その立場を強固にし、さらにもっと有利な立場を獲得していこうとするだろう。これは、人間が持つ性癖だ。通常の人間なら、すべてこういうふうになってしまう。―これに対する対策が必要だ―だから、彼らのグループは政治の場から、離れることなく、市民革命から、ずっと政治に関わっている。もちろん、そうした中においても少しずつそのグループの中のメンバーは入れ替わってはいる。彼らは政治から離れると自分たちの有利な立場が維持できなくなると考えている。実際に、政治の場から離れたら、彼らが占めていた場所は隙を狙っていた人々によって、占められて、彼らの有利な立場は消滅してしまう。こうした人々によって現代社会は、運営されている。

一度権力を握った人や組織は、その権力を自身で、手放すことはとても難しいようだ。

―人類の性癖か?―

例えば、民主的に選出された大統領、首相であっても、それが何期も続くようになってくると、だんだんとその権力を手放せなくなってくるようだ。こうした例はそこかしこに見られる。

人は一旦権力を握ると、その権力に魅入られて、その権力の維持のために、あらゆる行動をとるようになる傾向がある。そして、その周りの官僚たちは、そうした傾向に迎合して自己保身をしていくようになってくる。こうした傾向があることを認識したうえで、権力の交代の仕組みを考えておくことが必要だ。もとは、良い指導者であっても、長く権力の座に居座れないようにしておくことが大事だ。

現代社会は民主主義が正しいとされ、国民が主権を持っていることになっている社会でもある。しかし、私達が理想とする社会でないことも確かである。

私たちの理念に忠実な国になるようにしていかなければならない。こうした事が起こりえない理念を作らなければならない。

国や企業も組織だから

国や自治体もまた、組織であると考えることが出来る。会社＝企業もまた組織である。仕事を分担し、そのまとまりで、一つの機能を果たしているモノは組織である。このあとの会社＝企業というもののなかに、一部、国や自治体の中で作られた組織もまた含めている。

会社＝企業というものは、個人の利益を追求するためにできたものだ。ところが、実際にできて活動してきた結果には、それだけではなく、社会にとっても有益な結果ももたらしていた。

（1）社会に必要なモノを、安価に大量に供給しようとした活動は、社会を大きく発展させた原動力でもあった。**会社＝企業**が社会を大きく発展させてきたともいえる。

（2）さらに一般の人々にとって、**会社＝企業**は働いて給料を貰う場所でもある。給料を貰うということは、社会の富の分配システムになっているということでもある。これからも、富の分配のシステムは必要である。

富は流れなくてはならない。富が流れることによって、経済が動き、モノが流通する。社会はそのことによって成り立っている。従って、その富が一か所にとどまり、流れないようになってはいけない。そして、その富は、すべての人に、公平で、平等であるように流れるようになって欲しい。

社会を上手く機能させる公平で平等な富の分配のシステムが必要だ。それはこれから、公平で平等であるようなシステムを考え出して、その新しいシステムに変えていけばいい。**会社＝企業**はこうした機能も果たしている。

（3）一般の人々に入ったお金は、それぞれが欲しいものを消費するために使われる。この使われることによって、お金の流れが一周する。一周することで、経済が回る。経済は回らなくてはならない。決して、ひとところに留まってしまうようにしてはいけない。経済の最大の需要は、個人消費なのだから……。一か所に留まってしまうようになったら、それは社会の破滅だ。

こうした点から、企業はこれからも必要なモノだと思う。必要なものであるし、有効に活用することによって、社会を良くしていくことが出来る。しかし、組織というものは、一度できると、それ自体が生き物のように自己増殖をはかり、生き残っていこうとするものでもある。もう社会にとって必要でなくなっていても、生き残っていこうとするものだから、不要になった組織は抵抗なく廃棄することが出来なくてはならない。組織はそういうものにしてしまわないといけない。**特に、国や地方公共団体によって作られた組織については、この点を注意しなければならない。**

私たちにとって、都合の良いシステム、社会構造に少しずつ変えていけばいいのだ。少しずつ変えていけば、少しずつ今の私たちにとって、私たちが理想としている社会になっていくだろう。今必要なのは、革命ではない。少しずつ変えていく事だ。

しかし難しいこともある。民主主義では、49%の反対と、51%の賛成があるとき、どうすることが正しいのか、無理に決を採るのか、採らないのか。**共通の立場を考えることに**よって、これらが、解消されればいいとは思うが……。49%と51%の人はそれぞれどう行動するのが良いのか。わからない。そういう問題もあることを忘れないようにしなければならない。

しかし、オートマチックな社会の発展から、私たち自身の構想（理想）による社会にすることが出来る時代になってきているのだ。

私たちは、国も地方自治体も会社＝企業などのすべての組織を、私たちの目標を、理想を実現させる道具として使わなければならない。すべての組織は、私たちが、目標を設定して、その目標を達成する方法を見つけ出し、私たちの理想を実現させる道具にしていかなければならない。国も地方自治体も会社＝企業などの組織のすべては、それらを実現するための道具と考えるのです。これらは道具なのですから、使わなくなれば、あるいは使いにくくなれば、新しい使いやすいものに、変えていけばいいのです。古くなって、あるいは新しい良いものが出来れば、新しい良いものに、変えていけばいいのです。

⑥環境問題について

環境問題について、温暖化、大気汚染、水質汚染、プラスチック問題、資源の問題があります。もちろん個々の問題を解決するべく、技術開発や制度を制定していく事は重要です。

でも、考えて欲しいのです。これらが、問題にはならなかった時代がありました。その時と比べて、今の数値が悪くなってきたので、環境が悪くなったのは、間違いありません。そして、問題にはならなかった時代の数値であれば、私たちは過ごしやすいのも確かです。環境の良かった時代の環境に戻すことが出来れば、良いのも確かです。

でも、ここで地球の歴史を考えてみましょう。45億年前に地球は誕生しました。そのときの、地球は生命が住める状況ではありませんでした。地表には酸素もありませんでした。5億年ほどたって、地球が冷えてきて、生命が生まれる環境が出来てきて、私たち生命の先祖が生まれてきました。酸素のなかった大気に、シアノバクテリアによって酸素が生産され、それで地表が覆いつくされてきて、今の私たちの酸素呼吸をする生命が誕生してきました。……

地球の環境は常に一定だったわけではないのです。時とともに、常に変わってきたのです。環境というものは、常に変わっていくものなのです。地球の歴史においては、常に変わってきたのです。私たち人類が生活している今の時代は、地球の歴史のほんの一瞬なのです。私たちが生きている一瞬の環境がずっと続いていたわけではないこと、私たちが生きているのは、地球の歴史から見れば一瞬だということを、忘れてはいけないのです。例えば、今人類が滅んでも、地球の歴史は続いていくのです。

私たち人類にとって住みよい環境はあります。住みよい環境を目指すことは、人類にとって正しいことです。**ただ昔は良かったのだけれど、今は悪くなったという考え方は正しくないように思います。**人類が住みよい環境を目指すのなら、同じじゃないかと言われるかもしれませんが……。

地球の環境は常に一定だったのではないということを頭の中に入れて欲しいのです。さらにいうと、人類が生存するのに適した状態にあるということは地球の歴史の中では、ごくわずかな期間しかなかったことを、頭の中に入れて欲しいのです。地球の歴史の中では、人類が生存していなかった時の期間の方が長かったのです。地球から言えば、人類が存在していなかった時代の方が長くて、その方が自然であったといえるかもしれません。

そして、最大の問題になるのが、現在の人類の人口の70億で、この70億の人類が、地球上の資源を好き放題に使いまくっているということなのです。これからも人類は増えていき、人類が使う資源は、まだまだ増えていきそうなことなのです。温暖化、大気汚染、水質汚染、プラスチック問題、資源不足等の問題の裏にこの事があるのです。そのうえで、環境問題を考えて欲しいのです。これが最大の問題なのです。

もう一つ考えなくてはならないのは、人類の人口が他の生物の数に比べて多すぎるということが問題なのです。この地球上で単独の種で70億もの固体数あるというのは、ちょっと異常な状態であることは、間違いありません。例えば、犬が単独で70億も地球上にいたら、どうでしょう。これは自然界のバランスではありえません。異常な状態なのです。異常な状態ということは、様々な異常が、日常的に起こるということです。

地球上のすべての場所に人類がいるということが、環境問題のすべてなのです。地球上の人口が80億人になったら、それにふさわしい環境を創造しなければならないのです。80億人が、そこそこに資源を使ったとしても、地球上の環境が人類の生存に適した状態を保てるような資源の使い方を創造しなければならないのです。こうした観点から、環境問題を考えて欲しいのです。強力なリサイクルを柱とした対策をしなければならないと思います。

何をどうする

①世界はひとつの組織（社会）になりつつある
②現代は組織社会で権限移譲社会だ
③現代社会の進化のスピードは今までよりも、どんどん速くなっていっている

①〜③はこれからも、続いていく。これらは、私たちと関係なく、この先も同じように続いていくだろう。これらはどうすることも出来ない。しかし、次の三つは我々の意志で

変えることが出来る。この三つを、変えて行くようにしていきたい。

④理念に基づいて、組織の改編
⑤組織の設立の目的を明確にする
⑥オートマチックから、自己規定する社会の体制へ

④～⑥は、私達の意思で、変えていくことが可能だ。私達はこれらの三つについて、変えていく事を目標にしていけば良いのではないだろうか。

世の中には、色々な主義がある。その主義に基づいて活動している団体もある。そういう運動の仕方もあるが、これらを実現する方法としては、合わないと思う。今世界には、190余りの国々がある。そして、それらの国々は、すべて同じ状況にはない。同じ状況にない国々が、一斉に同じ目標を掲げて、運動をしていく事は不可能だと思う。

だから、それぞれの国が、それぞれの国の中で、一番実現が可能な事柄から、実現していけばいいのではないだろうか。それぞれの国の中で、少しずつ実現していけば、一度にたくさん進むことが出来なくても、あっちで少し、こっちで少しと、進んでいくことが出来る。そうして、実現される事柄がどんどん増えていくように成れば、全体として、我々の目標に近づいていくことが出来るのではないのだろうか。

個々の国々は、それぞれ個々の国々の置かれている状況が違う。状況が違うから、それ

ぞれの国にとって、成し遂げやすいことが違う。自分たちの成し遂げやすい事柄から、成し遂げていけば良い。そして、一つ成し遂げたら、次に取り組みやすい課題を選び、取り組むようにすれば、だんだんと課題が実現していく事になる。

課題の選び方は、課題を先に実現させた国を真似して、同様の方法をとれば良いのではないか。先に成し遂げた国が実現させた課題を選んで、その国と同じような方法を真似すれば、達成しやすいだろう。

課題を達成した国を、真似して次の国が同じ課題を選び、同じ方法で、課題を達成していくようにすれば良いだろう。

誰がどこで行うか

今私たちは権限移譲社会に生きています。この社会では、社会に対して権限を持っているのは、自分が担当している部分だけです。自分が担当していない部分に関しては、どうすることもできません。自分のよく知っている部分に関しては、色々よく知っています。会社員であれば、その会社の事は知っています。その会社が、化学会社であれば、その会社が何をしているかよく知っています。会計処理がおかしければ、おかしいと会社の中で発言するように、するべきです。また、廃水処理がいい加減であれば、それを正すような発言や行動を取るべきです。自分の担当する部門は、一番よく知っています。一番よく知っている人が、その部門での、不正やおかしなことをただすべきです。極端な場合、担当のその本人自身が、いい加減な処理や不正なことをさせられているかもしれません。その現場の人が、正しいか、正しくないかをチェックして、そこの現場でただすようにすれば、もっとも小さなところで、そうした事を止めることが出来るのです。

　すべての人が自分の担当する現場で、判断して、行動すれば、我々一般人は、すべての現場にいるのです。すべての現場にいるのですから、すべての現場で我々が、チェックし、正すようにすれば、社会は良い方向に、回り出すようになっていくでしょう。

　すべての人が、こうした行動を取るようにしていきましょう。そして、その行動が正しい時は、その周りの人が、当然応援をするのです。その行動を取った人を何時までもひとりの状態にしておいては、ダメなのです。連帯して、正しいことをしているときは、応援をしてもらえるという風潮、正しいことをしているときは応援をしなければならないという風潮を作らなければならないと考えます。

　社会の進歩は、だんだん加速していっていると、私は断定しました。その理由は、世界を構成している70数億の人々のすべてが、社会を進歩させる力を持つようになってきたからでした。同様に、それらの人々が、我々の社会の改善に働くなら、それは凄いことになります。


自分の分担する部分で、頑張れば良いと考えます。

あとがき

三つの気がかりがある

一つは科学の発達についてだ。人間の知能、体力などに関しても、心理学、脳科学他の発達が凄まじいのだ。現代は科学技術の発達が凄まじ過ぎるのだ。社会の進歩が、科学技術の進歩に追いつけないのだ。科学技術の進歩が速すぎて、私たち人間が、科学技術進歩についていけなくなっているのだ。

遺伝子の操作ができる様になってきている。遺伝子を操作して、体力を向上させた人間をつくることが出来るようになってきているのだ。そしてその操作は、同時に脳力＝能力と、体力を向上させた人間をも、つくることが出来る。そして、その脳力＝能力や、体力についての使い方、育て方も、その機能を十分に発揮できるような方法が、発見されている。

私がここで言いたいのは、今の私たちとは全く次元の違う体力や能力を持った子供たちを、私たちは意図して産み、育てることが出来るようになっているということだ。そして、これらの事はスポーツの世界において明確に表れている。世界のスポーツ界において、幼児からそのスポーツのトレーニングを始めた多くの人たちがいる。そして、その多くは優秀な成績を収めている。

知的な脳力＝能力の世界のことについては、明確にはわからないが……。

そしてこのことが問題なのは、すべての私たちの子供たちがこうした恩恵を受けることが出来るのであれば、問題ではない。問題なのは、すべての子供たちではなく、ごく一部の人たちの子供たちだけが、こうした恩恵にあずかることが出来、大多数の人の子供たちはこうした恩恵にあずかることが出来ないということなのだ。こうした事がこのまま続けば、優秀な人類と、普通の人類が並立して存在するようになる。

すべての人類の子供たちが、優秀な人類になることが出来る社会でなければならないのだ。すべての人類の子供たちが、優秀な人類になることが出来るような社会の仕組みが必要なのだ。そのためには、生まれたときから、彼等が受ける事が出来る教育を、共通にしなくてはならない。幼児教育は、生まれたときからしなくてはならない。同時に、共通の認識を持つ世界観や社会観も教えなくてはならない。もちろん、その内容については、十分な検討が必要だろう。こうした観点から、０歳児からの教育が必要とされるだろう。

もう一つの気がかりは、家族制度についてだ。私たちの社会は、家族を持っていた。進化の過程で我々人類は、十分な食糧の確保が難しかったので、ヒトは共同することを選択し、家族を作ってきた。しかし、現代の社会になって、食糧の確保は難しいものではなくなってきた。そして、自分の意志で生きていく事が当然になってきた。ということは、夫婦という家族を作らなくとも、男にとっても、女にとってもたやすく生きていくことが出来るようになってきたということだ。成人した男女が、ともに自分の意志で生きていくのに、本当に相棒が必要なのか。

家事を助ける道具は、本当にたくさんある。これからも生まれてくるだろう。家事を省くための店舗もレストランなど、コインランドリーなどもたくさん出来てきている。そして、家事そのものを楽にする電子レンジ、冷凍食品、食器洗い機等の、新しい家電製品もある。そして、これらの商品は、これからも出来てくるだろう。ひとりで生きていくのに、ますます便利になっていくだろう。それでも家族は必要なのだろうか。男がひとりで生きていくのが容易になっていっている。同時に女がひとりで生きていくのも容易になっていっている。

人と人との結びつきは、そうした利害によるものではなく、「愛」によるものだとお叱りを受けそうであるが……。

こうした事を改めて考えることが、必要になってきていると思われる。男女とも一人で生きていく為の外的条件は整えられつつあるように思われる。

今しばらくは、今のままでいくだろう。しかし、根本的変化が起こるかもしれないし、今のままの状態が続いていくかもしれない。

人間の社会は、その時になるまでは解らないだろう。しかし、確実に変わっていっている。

最後の一つは、コンピュータ技術の進展で起こることだ。

ＡＩの技術の進歩がもの凄い。人間のすることのほとんどすべてをＡＩがこなすことが出来てしまいそうである。

人間の日常の行動、日常の生活の管理、人間がこれまで行ってきたことのすべてを、ＡＩが代行することが出来るようになった時、我々は何をしたらよいのだろうか。

ビッグデータの管理が出来るようになって、国民のすべてを国家が管理することが可能になってしまっている。これは独裁国家にとって都合が良い。そして、その独裁国家はいつまでも続いていく事が可能になる。なぜなら、反対派の勢力を常に監視でき、いつでも、その芽を摘み取ることが出来る。そういった社会になってしまう可能性もある。そして、そうした社会になってしまったら、それを覆すことは非常に難しい。絶対にそうした社会にしてはいけない。そうした社会になるのを防ぐシステムを作っておくことが絶対に必要だ。

ビッグデータの管理を誰が、どのようにするのか、難しい問題だ。

反対にブロックチェーンの技術で、データの分散処理が出来て、管理するシステムがいらなくなってしまうともいわれている。ブロックチェーンの技術を使うことによって、本当にそうした事を管理することが出来るのか。ブロックチェーンは万能ではなく、特定の一部の業務だけでしかできないのか。どうなのか。わからない。そして、そもそも、ブロックチェーンを運営する主体には誰がなるのが良いのだろうか……。誰もが、勝手にブロックチェーンを作っても良いのだろうか。誰かが許可を出すのだろうか。それもわからない。

その時、国はどういう形になっているのだろうか。残念ながら、こうした事については、私には全くわからない。こうした気がかりを解決してくれるのは、その時代を生きる若者たちだ。どんな未来を作るのか、考えて欲しい。

これらを実際に運用するのは人間だ。

その人間が人類の理念を持っていて、その理念に基づいて、自分達の行動の影響を判断し、理念に反しているとなれば、自省から、さらには告発まですることが出来るようであって欲しい。

こうした気がかりを解決するのは、多くの未来を持つ若者たちだ。どんな未来を作るか、真剣に考えて欲しい。

著者プロフィール

山下　良夫（やました　よしお）

1948年生まれ、大阪府出身・在住。
鉄工所経理課、実家の市場内小売業（製麺業を兼ねる）、学習塾経営、警備会社勤務などの後、退職。現在に至る。

オートマチックな社会から
自己規定する社会へ

2023年12月15日　初版第1刷発行

著　者　山下　良夫
発行者　瓜谷　綱延
発行所　株式会社文芸社
〒160-0022　東京都新宿区新宿1－10－1
電話　03-5369-3060（代表）
03-5369-2299（販売）

印刷所　株式会社暁印刷

©YAMASHITA Yoshio 2023 Printed in Japan
乱丁本・落丁本はお手数ですが小社販売部宛にお送りください。
送料小社負担にてお取り替えいたします。
本書の一部、あるいは全部を無断で複写・複製・転載・放映、データ配信することは、法律で認められた場合を除き、著作権の侵害となります。

ISBN978-4-286-24652-9